她乡

陈慧 —— 著

天津出版传媒集团

天津人民出版社

果麦文化 出品

目录

她们

003　命
024　玉坠
039　杨梅干
049　单刺仙人掌
062　眼泪
073　无相
085　哑巴姑娘
094　菠萝头
106　阿妮和她的狗

我们

123　养母
151　奶奶王成英
169　我妈的私房钱
181　姐姐
196　婚姻的支点
202　姨奶奶
217　大姑妈
224　姑姑的鸭蛋

229　后记 每天的日子

她们

我们

命

嫁给彭大宇的第三天，公公在饭桌上郑重其事地知会品梅，说要帮她改一改名字。

公公做过私塾先生，思想古板，恪守传统，认为晚辈与长辈的名字中有相同的字眼是一种僭越，不大合适。婆婆名字的最后一个字也是"梅"。公公思来想去，越想越觉得品梅的名字非改不可。

品梅略一沉吟，说："改名字倒没问题，不过，我的名字是我父亲按家族的辈分排出的。爹爹该写封信去给他解释一下缘由，我也不两头为难。"

品梅的娘家在苏中平原上的一个小村庄里，父亲苏柏根担任他所在大队的队长多年，敦厚稳重。品梅明白父亲向来通情达理，断不会反对亲家公的要求。但这件事说大不大，说小不小，于情于理，都该由公公亲自出面沟通。

多年以后，偶有小辈问起当年遥遥数百公里的跨省婚姻，品梅的解释只一个字：命。

可不就是命？

品梅的父母育有三儿四女，品梅排行第五，后面一个弟弟、一个妹妹。她1958年生人，恰巧赶上了最困难的三年，没有夭折，也是命大。家中的老老小小，个个饿得面黄肌瘦，眼冒绿光。浮肿的小腿，一按一个深深的坑。能找点儿树皮、草根和把人胀得拉不出屎的观音土吃吃，都是莫大的幸运。

母亲没有一滴奶水，奶奶用有限的碎米粒在瓦罐里熬点儿糊糊，勉强应付品梅的小嘴。

品梅的体质奇差，三天两头出鼻血，发疹子，生脓包疔疮，拉肚子，咳嗽，发寒发热。每次发高热，必像发羊角风一样抽搐着晕倒在地。父母去生产队上工了，奶奶把品梅抱在怀里，重重地掐人中。掐醒后，用一根在火上烧过的缝衣针分别扎她的两个耳尖放血，最后给她灌一碗滚热的紫苏茶了事。

品梅瘦得一阵大风都能刮跑。苏柏根时常偷偷瞄一眼她巴掌大的小脸，唯恐她命不久矣。生产队的文书是个半吊子风水先生，懂点儿命理。他把品梅以及苏柏根夫妇的生辰八字拆解了一番，说品梅"生根迟"，十岁前，磨难重重。而且，她和母亲"八字相克"。

"克"分明克与暗克。前者，大事化小，小事化了；后者，要看双方的"命功"，弱的一方，轻则诸事不顺，重则性命堪忧。品梅与母亲，属暗克。

文书的话，苏柏根不以为意。抑或，他即便入了耳，又能怎样？

自记事起，品梅看得最多的就是母亲愁苦的脸。三个大人，七个孩子，大大小小十张嘴，母亲每天为了将一锅薄得能照见人影的粥汤平均分到每个家庭成员的碗中而绞尽脑汁。婆婆年迈，不能薄待。丈夫是主劳力，肚腹空空，怎么干得动活儿？两个大儿子十多岁，正是长身体的时候。手心手背都是肉，也不能叫女儿们认为做娘的重男轻女。饭点上，母亲总是磨蹭到所有人放下了碗筷，她再舀一瓢水倒入见了底的粥锅里烧一烧，咕咚咕咚喝下去。在长年累月的操劳和营养不良下，她的身体逐渐垮下去，终日头重脚轻，四十一岁就病倒在床上。

家里实在太穷了，根本拿不出看病的钱，母亲在床上躺了近两年，至死都没进过一趟医院。所以母亲具体患的什么病，品梅始终没办法确认。父亲去世那年，品梅回苏中娘家奔丧，在大姐品珍家里落脚。两姐妹絮絮叨叨地讨论一些与母亲病情相关的细节，品珍推断母亲患的是子宫内膜癌。

品珍比品梅年长一轮，母亲卧床初期，她已为人妻了。夫家的路不远，就在邻村。她隔天回娘家一趟，帮母亲换洗垫在身下的破棉花垫子。怀孕初期，她的反应大，蹲在河埠头上，一边洗沾满血水的垫子，一边哇哇地呕吐。

品梅觉得大姐的推断有误，母亲患上的极有可能是骨癌。大姐出嫁后，二姐品兰又被支边新疆的亲戚夫妻带走当小保姆，最小的妹妹品玉过继给了同族一位无法生育的堂婶。四姐妹中，唯有品梅日日陪伴着病重的母亲，与她同睡一床，熟练地帮她换药。

所谓的"药"有两种，一种是赤脚医生配的止疼片，另一种是在游方郎中指点下自制的偏方。两个哥哥去沟渠里抓来若干癞蛤蟆，取了皮，晾干。品梅在墙角生一堆火，架起瓦片，把干燥的蛤蟆皮放在瓦片上慢慢焙干，碾成细粉状。她轻手轻脚地把细粉敷在母亲大腿内侧的窟窿上，用一截儿麦秸秆吹均匀。起先，这个程序是早晚各一次。慢慢地，窟窿越烂越深，直至露出白森森的骨头。品梅夜里轻易不敢合眼，听见母亲的呻吟声大一些，她就一骨碌翻下床，喂母亲吃止疼片，借着豆大的油灯花，换掉母亲大腿内被血水泡溻的细粉。

品梅十岁没了母亲。母亲是活活痛死、饿死的。不久，疼爱品梅的奶奶也去了另一个世界。

品梅父亲没有续弦，一个人，沉默地进进出出，孤雁一样。

母亲不在了，品梅穿的鞋都出自大姐之手。大姐的日子也不容易，姐夫在大西北当兵，一年到头只有十来天的探亲假。大姐独自在家种地，照管四个儿女。夜深人静，疲惫不堪的大姐强忍着睡意，在火油灯盏边，一针一线地纳鞋底、沿鞋口、上鞋帮……

大姐一年给品梅做两双鞋子。

品梅不费鞋。除了寒冷的天气,她在家都打赤脚。去上学,也是先把布鞋揣在书包里,光脚出门。望见学校的围墙了,再下河洗干净脚,穿鞋进校门。

哥哥们娶了妻,在老屋前后另起炉灶。年幼的品梅洗衣烧饭,缝缝补补,掸尘扫地……在村里一些同龄女孩还一门心思地踢毽子、抓子儿、跳房子的阶段,她已经撑起了全部的家务,事事安排得妥妥当当。她是学校宣传队的成员,公社演出,她穿着大姐缝制的红底小碎花罩衫在台上跳秧歌舞,下面就有观众指着她,窃窃私语:"那孩子命真苦,小小年纪,妈就不在了。"

队里的女人都很羡慕苏柏根有这么乖巧的女儿。谁家的姑娘偷懒贪玩,她屋里的大人就会气咻咻地嚷一句:"你去看看人家品梅。"

她初中毕业就回家挣工分了。十七岁的姑娘,像男人一样出力,哪怕在腰酸腹疼的生理期,照样赤着脚站在潮湿冰冷的田垄间。村东一个同龄的男孩对她有意思,找各种理由接近她。去当兵之前,他以手指开裂为由,强势地借走了她仅有的一副手套。那副白纱线手套她戴了很久,右手的手背上破了两个洞,她用粉红的毛线顺着破洞绣了两朵梅花。男孩到了部队后,寄了一封信给她,信尾处说等退伍了,他会亲自登门还她的手套。

品梅逐字逐句地读完信,塞在枕头下面,没有回信。

那时不兴自由恋爱,未出阁的姑娘若和男人有牵扯,就会被扣上"有辱门风"的大帽子。更何况,大嫂无时无刻不在监视着她的一举一动,巴不得她出洋相。

品梅和大嫂不睦。

品梅的大哥倔强好胜,大嫂聒噪泼辣。小两口互不让步,芝麻大的事情,往往吵着吵着,就打得沸反盈天。近在咫尺的儿子儿媳妇干仗,苏柏根当然不好坐视不理。可不管他说什么、做什么,大儿媳总怪公公偏袒儿子,跳着脚,各种尖酸刻薄,不依不饶。

苏柏根被大儿媳骂得狼狈不堪。品梅看不下去了,挺身而出,据理力争。几个回合下来,姑嫂的梁子越结越深。两个人顶面撞上了,都互不理睬,视同陌路。

大嫂不待见也罢了,父亲达数落品梅不知轻重,惹毛了大嫂。憋着一肚子委屈的品梅和好朋友淑英发愿:"哼!我以后一定要离大嫂远远的,越远越好。"

淑英去公社赶集,碰到一个女人。这个女人叫梁娟,是大队赤脚医生的前妻——赤脚医生婚内出轨,狠心将她扫地出门了。无奈的梁娟带着女儿去上海找活路,打工过程中结识了一个单身的浙江男人,很快随男人回老家定居。男人的表弟三十六岁了,还是光棍一条。他家里条件不好,样貌平常,在本地无论如何是难找到老婆的。于是,男人的姑父委托梁娟牵线,在她老家找个本分的姑娘,承诺喜事办成了,有重谢。

淑英和梁娟在路边聊完,忍不住提了一嘴:"娟儿姐,要不你找咱们村的苏队长谈谈,他家品梅一心想到远处去。"

本来梁娟心中的人选是她娘家附近一位跛脚的大龄姑娘。听淑英这么讲,她立即调整方向,直奔苏家,把男方的情况添枝加叶地讲给了苏柏根。不过,当她知道品梅才二十岁时,故意隐瞒了丈夫表弟的真实年龄,含蓄地表示他只比品梅大七岁。

苏柏根听梁娟说浙江那边一日三餐米饭管饱,已然动了心。他吃苦受累了半辈子,下肚的多半还是薄汤寡水的玉米糁粥。如果女儿能过上天天吃大白米饭的好日子，路途远一点儿，也无妨。

梁娟生怕夜长梦多，第二天就催着苏家父女随她去浙江。那是品梅第一次出远门，单趟用了三天，先是搭拖拉机去镇上，从镇上乘汽车到县上，再从县上坐汽车抵达区里的港口，巨大的渡船通到上海，从上海火车站到杭州火车站，又换乘了一列绿皮火车到了地方站，最后挤上一辆公共汽车，在四十多里外的山区小镇下了车。

在小镇待了一礼拜，男方家拿出了招待贵宾的规格款待苏柏根父女。未来女婿彭大宇虽然个子不高，显老气，但眉眼和善，干活儿很勤快，苏柏根对他的印象不坏。最主要的是，他们父女俩来相亲的路费是彭家出的，一来一去，总计四十元。四十元，搁在眼下买一包硬壳的中华烟都不够，但在七十年代中期，苏柏根父女在队里上一年的工，省吃俭用也结余不了四十元。这桩婚事成了，彭家报销四十元；不成，苏家自己掏腰包。单单这一条，品梅就不能任性地对父亲摇头了。

苏柏根对未来亲家提了一个要求：品梅不务农，必须进厂当工人。

和未来亲家同住一个大杂院的大队支部书记一心成人之美,当场拍着胸脯打包票:"品梅一嫁过来,立即让她进社办五金厂上班。"

品梅二十一岁踏进彭家门槛,婚后一礼拜,便成了社办五金厂的学徒工和彭家的儿媳妇苏品如。她虚心好学,反应灵敏,没费什么劲儿,就能独立操作车床了。

第二年,品如生了个大胖儿子。公公婆婆提出分家,品如知道他们是为了没结婚的小叔子盘算,就依了他们。过了三年,品如又怀孕了。彭大宇除了务农,没别的收入,她不想要二胎,央求对门的胡家阿姆带她去土郎中家开了打胎药。谁料想,三服药喝完,肚皮没半点儿动静。胡家阿姆说:"阿如,你命中该有两个儿子,别折腾了,顺其自然吧。"

次年,小儿子呱呱坠地。品如去给孩子上户口,见到了彭大宇的真实资料。到了这一步,品如才知晓,丈夫竟然比自己年长十六岁。她气得眼冒金星,在床上躺了整整两天,起来扒了两碗饭,继续上班。一家四口,开门七件事,件件逼人。她再怎么气愤,也要赶紧赚钱。

小儿子没出世前,考虑到两间屋住四个人太紧张,她借了邻居们的钱,在老屋的基础上加盖了阁楼。五金厂是计件制,品如一个月干到头,最多能领六十多元的工资。工资到了手,先买好油盐酱醋,结余的,凑成整数归还借款。日子过得捉襟见肘,饭桌上难见荤腥,孩子们跟着大人吃干菜汤淘饭。邻居老太太们怜惜品如的不易,都替她担忧:"啊哟,阿如唉,两个儿子要培养,侬有得苦嘞!大宇这一世,全靠侬了……"

品如懂邻居老太太们的言外之意。彭大宇的缺点明显:木讷,不知变通,品如和他商量事情,他无一例外地泼凉水。优点是:不抽烟,不打牌,喝酒有节制,热爱种地。于他而言,天塌下来不要紧,不毁了他的那几块田就行。他下地了,脑子里就没别的东西了,沉浸式"死"做。厂里排了品如的全日班,她一再叮嘱彭大宇给两个上小学的儿子准时做好午饭。叮十回有九回,儿子们空着肚子回家,看看冷锅冷灶,又瘪着肚子走了。

为了孩子午餐有保障,品如萌生了离开社办厂的念头。

再则，她摸了六七年的车床，敏锐地察觉到了社办厂的业务在走下坡路，决定提前改行。彭大宇不同意她辞工，说："你又不是领导，厂里好不好，关你什么事！你在厂里，每个月多少发点儿工资。你离了厂，一毛也拿不到了。"

品如说："我有手有脚，还愁找不到出路吗？"她乘公共汽车去县城的几个菜市场转了转，准备了一根扁担、一杆秤，做起了"篮头生意"。每天凌晨一点多起床，挑着前一天从山上村庄里收购来的，诸如樱桃、杨梅、土豆、花生、李子、玉米、栗子等当季的新鲜农副产品，和别的小贩拼车赶去县城菜市场兜售。满满一担出去，卖光了；返回时，还是满满两篮，都是她从大型农贸市场批发回小镇卖的货品。经她手卖给小镇人的东西，多种多样：春卷皮子、草莓、橘子、甘蔗、黄鱼、呛蟹、香菇、海带、带鱼、蛏子、泥螺……

一些不能放过夜的鲜品，小镇的市口消化不了，品如顾不上吃饭，挑着担子去半山的村庄卖。公交车凑巧，省点儿脚力；赶不上公交车，一正一反二十几里路，全靠步行。饿得两条腿打晃了，干啃一包随身带的方便面充充饥。她的胃溃疡就是那几年落下的。

有一年,品如雇了一辆侧三轮摩托车去半山上卖葡萄。山道陡峭崎岖,在一个 Z 形拐弯处,驾驶员没把牢方向盘,摩托车失控冲下了山坡,栽进了溪坑里。车后的葡萄彻底没戏了。她眼睁睁地看着自己泡在水里,周围泛起一层茶色的液体。她眼前一黑:完了,完了,流这么多血,必死无疑了。结果,嗐!虚惊一场。那只是摩托车里漏出来的柴油。她和驾驶员仅仅擦伤了几块皮。

她累死累活,赚钱的进度始终赶不上花钱的速度。因为拮据,她十多年里只敢回了两次娘家,一次是为了给父亲过七十大寿,一次是给做胆囊切除手术的大姐品珍做陪护。

大儿子小学六年级时,彭大宇感染了严重的血吸虫病,病恹恹的,憔悴得落了形。品如一趟趟地陪着他跑市区医院,吃药、打针,好歹恢复了。风平浪静了两三年,他的视力又不行了。眼前雾蒙蒙的一片,像挂着一条厚毡子,什么也看不清。针灸加上西医,耗去了品如几个月的收入。开支接不上了,品如不用多费唇舌,邻居们都愿意帮她。即便是绰号"铁公鸡"的甘详老伯,也主动借过一笔钱给品如周转。

在大杂院生活的这些年,品如的脾气秉性,大家心里明镜似的。

儿子们上了初中,村里集资建房,按人头划分地皮。盖不盖房子呢?彭大宇和品如起了争执。他认为家中没有一分钱存款,盖房子不现实,不如把名下的地皮转让出去换点儿钱,日子也能宽裕一段。品如一口否决了他的建议,地皮抢手,卖掉容易,日后能否再买进,可没个准头。老房子破旧潮湿,光线昏暗,绝不是长久之计。儿子们也长大了,要尽量给他们争取个好的居住环境。

彭大宇见妻子心意已定,也拿她没辙了。夜里,夫妻俩一个睡在床这头,一个睡在床那头。半夜里,彭大宇忽然掀开被子,气急败坏地吼了一句:"房子要盖,你去盖,我没那个本事!"

品如不甘示弱,说:"我哪怕去借利息钞票,也会盖好房!"

彭大宇抽抽噎噎:"利滚利,息滚息,不是掉进污泥塘了吗?什么时候能爬上来!"

品如用力把彭大宇踹下床沿："你躺地上去哭个够，别影响我休息！"

哭，谁不会呢？品如蒙在被窝里想：如果一个人的泪水要自己拭干，那还不如不哭。

品如的第一个借钱对象是彭大宇的妹妹。小姑子家在镇上开南北货店，生意马马虎虎。品如讲明来意，小姑子眉头一挑："我哥种田，你做小本生意，哪来盖房子的实力？我看你们还是本本分分地守着老房子算了吧。"

品如笑了笑，什么也没说，就出门了。走了没几步，小姑子的老公拿着一沓钱追上来，说："阿嫂，这两千块钱你拿着，不用还了。就算是你们新房子盖成了，我们家出的份子钱。"

品如平静地接过钱，说道："放心吧，不管多少钱，我都会尽早还给你们的。"

一栋房子竖起来，简直千头万绪。老话讲："与人不睦，劝人盖屋。"品如既是管账目和材料的主心骨，又要忙十来个匠人小工的伙食。工期结束，她的脸盘子小了一圈。

当务之急是还债。篮头生意小打小闹，供应基本的家用还行,想要收入更上一层楼,还是得有个稳定持久的营生。

小镇菜市场一年一度招标,品如花了一笔钱,在角落里租了一个两米长的摊位。她让彭大宇不要一根筋地种那些可有可无的东西,留两块地种当年够吃的水稻,别的,全种应季蔬菜。

彭大宇想不通:"不种油菜了,我们吃的油哪里来?"

品如简单地算一笔账给他听:"一块地种应季蔬菜的年收入为两千,种油菜籽和粮食加起来才能卖一千。哪种更划得来?"

菜市场的生意和篮头生意对比,辛苦程度不相上下,也得天不亮起床,但免去了风吹雨淋之苦。品如摊位上卖的东西一目了然,有彭大宇每天赶早剪的露水菜,也有她自己亲手腌制的一系列咸货。

咸菜——自家地里割的新鲜雪里蕻稍微晾一晾,堆好,捂黄,洗净,沥水,下盐。腌得入味的咸菜色泽均匀,咸香得宜,本地人尤爱吃这一口,咸菜笋丝汤、咸菜肉丝烧泡饭、咸菜炒鱿鱼……不光咸菜好吃,腌菜的菜卤做清蒸菜,味道别具一格:菜卤小黄鱼、菜卤海螺、菜卤猪脑、菜卤燀马蹄、菜卤打蛋、菜卤豆腐……

苋菜棍——苋菜棍是地道的小镇叫法。青苋的茎秆修整光滑，切成寸把长的小段，在水里浸泡一定时间，再捞出来密封发酵。汪曾祺先生曾在一篇文章中着重描述过："臭熟后，外皮是硬的，里面的芯成果冻状。嚼住一夹，一吸，芯肉即入口中。这是佐粥的无上妙品。我们那里叫作'苋菜秸子'，湖南人谓之'苋菜咕'，因为吸起来'咕'的一声。"

臭冬瓜——用来腌臭冬瓜的，是过滤了一道的苋菜棍浓汁。臭冬瓜咸，软烂，墨一样的黑。不喜欢的人，受不了它的变态臭；喜欢的人，闻起来食指大动，把它奉作"敲饭榔头"，光是有它，一顿能猛干三大碗白米饭。

霉菜蒂头——霉菜蒂头的原料是腌雪里蕻时剔除下来的根部及粗硬的菜秆。做法和苋菜棍差不多，取一碗霉菜蒂头，浇点儿菜油，上锅蒸十来分钟，香气扑鼻。镇上一家灯具厂的老板娘但凡来菜市场，定要来品如的摊位上买一份。她家老公百吃不厌不说，她的泰迪宠物狗也对此情有独钟，昂贵的狗粮没眼看，霉菜蒂头的汤拌饭，它把碗舔得一干二净。哈！真有趣。

咸笋——春头上的燕笋带壳煮熟，起锅后，一层笋，一层盐，码好，用石块压实。盛夏时分，人热得烦躁，不想吃饭，一根咸笋就能撬开胃口。

咸货之外，品如还自制蛋饺子、肉丸子、响铃、千张包子、八宝饭……

纯手工的活儿，成本不贵，体力和时间似乎永远不够用。一年三百六十五天，品如忙得如同被鞭子连抽的陀螺。她最大的愿望是关上门，大睡三天。可在旁人听起来，这就像句玩笑话。

春节前后，品如卖糖炒栗子。她是这个镇上第一个卖糖炒栗子的人。没专程找人学，她陪小儿子去市第二人民医院配近视眼镜，出了医院，巷子口有个现炒现卖的炒货摊。人高马大的山东摊主正在一口大铁锅边上哗哗地炒栗子，甜香扑鼻。她心头一动，买了一斤刚出锅的热乎栗子，又和炒栗子的山东人讨教了几句。回家后，一试即成。

一口大铁锅，一锅淘洗干净的碎石子，栗子倒进去，大火翻炒的同时滋桂花糖水。这样炒出来的栗子，外壳呈油亮亮的棕红色，平滑而富有光泽，栗肉香甜绵密，酥软细腻。

每日来买糖炒栗子的人络绎不绝,品如和彭大宇轮番上阵,炒得筋疲力尽,还是供不应求。

生栗子是从上虞下管农贸市场批发来的。第一批货卖光了,品如给彭大宇三千块钱,让他再去进一车。彭大宇把钱揣在口袋里上了公交,车子开动,一路颠颠簸簸,如同摇篮,他不知不觉睡熟了。醒来后,下意识一摸口袋——老天!三千块钱不翼而飞了!焦灼加懊恼,他竟想撞车寻死,亏得驾驶员反应快,把他紧紧拉住了。在众人的劝解下,他失魂落魄地回到家,支支吾吾地向品如坦白了丢钱的经过,勾着脑袋等品如大发雷霆。

三千块钱不是个小数目,怎么会不心疼呢?但品如怕彭大宇因此钻了牛角尖,风轻云淡地说:"大宇,我今天骂了你,三千块钱就能回咱们家了吗?往好处想,去财消灾。往些年,你生大病,我们扔进医院的钱也不少。这一次,就当治病用掉了,至少人没遭罪。"

彭大宇抹了一把脸:"阿如,我对不起你。起早贪黑赚的钱,叫我败光了。"

品如柔声地劝道:"又不是打牌输掉的,不算败光。别自责了，咱俩的力气往一处使，别说三千块了，就是三万块，也不愁赚不到手。"

夫妻俩胼手胝足，脚踏实地，无形中也当了孩子的榜样。彭家两个儿子打小稳重听话，成绩优异，高中的前两年，每晚完成了自己的功课，还会帮品如包一百只千张包子，才肯上床歇息。兄弟俩一前一后考上了理想的大学，毕业后都有了满意的工作。两人没要父母操心，自力更生，建立了幸福的小家庭。

大儿子是上半年结的婚，品如去大杂院挨家挨户送喜糖，老邻居们说："阿如唉，侬任务快完成嘞！"

小儿子娶妻在国庆节，品如又去老宅那一片分发喜烟喜糖，街坊邻居个个拉着品如的手，感慨不已："品如唉，侬苦尽甘来嘞！"

两个儿子主动协商好，一人出一半生活费给爸妈，这样，品如就无须夙兴夜寐地扑在菜市场的生意上了。品如拒绝了孩子们的好意，她的大半生，不是在赚钱，就是奔波在赚钱的路上。她习惯了这样的节奏，暂时不想突然刹车。但她怀揣了许久的愿望，还是先实现了。

品如关上门,舒舒服服地大睡了三天。

第四天的早上,品如通体舒泰,精神焕发。她在院子里搭好了架子,把衣橱里的衣服、被褥、床单什么的,统统取出来,甩到架子上晒。有一件天蓝色的滑雪衫,款式很旧了,领口还有两块污渍,内贴袋看着鼓鼓的。她好奇地伸手去掏,掏出来一副旧的白纱线手套。多少年过去了,两只手套已变了颜色,软趴趴地重叠在一起,右边一只的手背上,绣着两朵红色的梅花。

玉坠

董佩兰一辈子是个福人。她出生在富庶之家，前面有一个哥哥、两个姐姐，后面有一个弟弟。打小，女佣和长工都恭恭敬敬地称她为三小姐。

三小姐的祖上来历不浅，家谱上明明白白记载着官拜三品。三小姐的父亲董梦河先生曾就读于省内知名高校，专修机械学，成绩斐然，备受导师赏识，毕业前又得到系领导的联合举荐，远渡大洋彼岸的顶尖学府深造。在国外进修过的董先生不但学业突飞猛进，胸襟和眼界也非常人可比。他回国后创办纺织厂，生意蒸蒸日上，很快积累了数目可观的田地房产。以董桥镇为中心的方圆数百里内，提起董梦河先生，那真是无人不知，无人不晓。有学识，有财富，有魄力,有声望,按现代社会的标准,董先生真是毫无疑问的一位优秀企业家,然而在那个特殊时代,他的成分就是板上钉钉的"资本家"。

董先生温文尔雅,明事理。董家的孩子,不分男女,一律自幼送进学堂上课,背《千字文》《三字经》《弟子规》,也接受新式教育。董家三个女儿,老大、老二很幸运,顺利读到师专,一个做了幼儿教师,一个教小学语文,唯独董佩兰高小毕业。

父亲在运动的冲击下郁郁离世,"资本家崽子"的大帽子坐实在头顶上,董佩兰的书包背不上了不说,家中日子也越来越难熬。她清晰地记得,八岁的弟弟陡生急症,高烧三天三夜不退,母亲连求医抓药的钱都拿不出来,不得不把家里一张祖传的红木大床低价卖了。

红木大床有个诗意十足的名字:倚栏眠床。床分内床和外床,结构严谨,精雕细琢,纹路雅致,豪华得像间独立的小包厢。内床既大且宽,供主人眠卧。外床窄小,和内床隔着一道雕花回廊,留作用人休憩,方便主人随时传唤。

为确保倚栏眠床的完整无缺,买家领来了十名壮汉,敲掉了卧房一面的墙壁，才将床抬出了屋外。三天后，小弟弟转危为安，满嘴燎泡的母亲终于缓过神来，想起了卖出去的大床床基四周还有几个隐秘的暗格。

董梦河生前喜欢收藏名家字画与玉器古玩，他特别心仪的一部分佳品都小心地存放在暗格里，偶尔取出赏玩一番。卖大床时，母亲昏头昏脑，竟忘记提前察看一下那几个暗格。可大床已被不知名的买家带离了董桥镇，再怎么懊悔，也无济于事了。

暗格里有没有东西？究竟是哪些宝物？能值多少钱？这些问号反反复复地盘桓在董佩兰的心间，每每想起，叹息连连，叹跌宕的世事，叹莫测的人心，叹不公的命运。没能继续念书是她永远的遗憾，但要说她命运不济，倒也不尽然。她二十七岁嫁人，丈夫长她四岁，名叫马满银，是外村一个地主富农家的儿子。母亲与两位姐姐努力筹了一笔钱，体体面面地送她出了阁。她的嫁妆里有寻常老百姓家的姑娘该有的箱子、柜子、梳妆台、被褥，也有一些在旁人眼里不派大用场的东西：一把紫檀的二胡、一套柚木的中国象棋，以及一套荣宝斋的文房四宝。

成亲当日，没有花轿，没有锣鼓喇叭，新人胸口上别着一枚崭新的毛主席像章，从董桥镇到马庄坡，徒步十来里。她拘谨地走在路左边，马满银腼腆地走在路右边，疏离得像两个初次见面的陌生人。

夫家一贫如洗，马满银的父亲在土改进行得如火如荼之际投河自杀了。丢给妻儿的，除了一个地主富农的成分，四面漏风的泥墙屋里再找不出一件值钱的家什。马满银的兄长娶了一个贫农家的瘸腿姑娘，去村外的空地上盖了两间草房另立门户，留下了近乎木讷的娘和马满银相依为命。

马满银中等身材，圆脸，话不多，但心灵手巧。他白日里在大队上工，放工了，还不舍得歇息，借着豆大的灯火潜心钻研竹编技艺：削竹条、打竹篮、编米箩……他暗暗匡算过，光凭队上早出晚归的那点儿工分，够了头，不够脚。要想衣食无忧，还得有技艺傍身。

根正苗红的孩子想学手艺，尚能正儿八经地拜个师傅，马满银的身份杵在那儿，谁敢收他为徒呢？但马满银潜伏在自己的小世界里勤学苦练，最终成了一名出色的篾匠。

七十年代，生产队精壮劳力每次出工记十分，加班可记十二分，全年出勤，每年的工分可达到四千分。正常年景，十个工分值四角。这样算下来，一个壮劳力一年的收入约一百六十元。马满银每天出门做篾匠的工资是一块二，给生产队上交一元，记十二分，三百多天也能记到四千分，加上每次自留的两角钱，他每年可以挣到两百多块。当年集体分给社员的稻谷每斤是按六分至八分计算的，两百多块不是个小数目，马满银就靠着精湛的篾匠手艺撑起了一个家。

董佩兰先后生了三个孩子，老大老二都是女儿。生老二时，胎位不正，难产，大出血，折腾了一天一夜，差点儿一尸两命。董佩兰心有余悸，本不想再生了，可马满银不同意，女儿长大了，进了外姓人家的门，打他这儿起，马家就绝后了。没有一个传宗接代的男丁，他百老归天后何来颜面去见列祖列宗！

想想丈夫忠厚踏实，不抽烟、不喝酒、不打牌、不在外面勾三搭四，一门心思赚钱，到手的每一份工资悉数交到了自己手上；想想嫁到马庄坡的这几年，婆婆谨小慎微，家里大小事全由自己做主，从没怄气心烦过；想想老话讲"嫁出去的女儿泼出去的水"和"养儿防老"的古训，在二女儿三岁时，董佩兰鼓足勇气，十月怀胎，一举得男。

儿子呱呱坠地，马满银夙愿得偿，越发干劲儿十足。他手艺好，口碑佳，不断有农人把自家的孩子托来学艺。从业三十多年，他前后拢共带出了几十个徒弟。妻凭夫贵，董佩兰一生最得意、最惬意的时光即马满银带徒的鼎盛期。早前的徒弟在学徒期内是师傅家的半个长工，早上出工前，要帮师傅家挑水劈柴，打扫庭院。农忙季节，哪怕自己家的活计不做，师傅家的收收种种也半分耽搁不得。

马满银有责任心，有担当。徒弟们有力气，有眼色。村里绝大部分同龄主妇常年被农活儿杂事缠得屁股沾不上凳子，董佩兰午觉睡醒，来了兴致，还能取出藏在柜底的棋盘，摆好车马炮，自己跟自己对弈一局。

这地方，师傅的子女通常把父亲的徒弟叫作"师兄"。有这么多的师兄走马灯似的把气力贡献了出来，马满银儿子的肩膀上几乎没挑过一次担子。他高中考大学差了十来分，复读了一年，再考，还是差十来分。马满银的意思是，让儿子脚踏实地，跟着自己学篾匠手艺。结果招来了董佩兰和儿子的双双反对。董佩兰认为走家串户的手艺人没出息，儿子觉得自己胸怀大志，与众不同，指不定哪天就大放异彩了，做个十指粗糙的篾匠岂不是太屈才！他踌躇满志地向母亲描绘着有朝一日衣锦还乡的灿烂蓝图，然后拎起简单的行李义无反顾地加入了进城打工的大潮。

空想是美的，现实打起脸来，端的是火辣辣。十多年过去了，儿子在电子厂干过流水线工人，当过推销员，开过南北货商行，和人合伙创过"业"，一没发光，二没发迹，反倒隔三岔五地从城里跑回来掏董佩兰的口袋。手自然而然地一伸，一摊，瓮声瓮气："妈，钞票给几块嘛，我吃饭的钱不够了。"

不给，董佩兰生怕儿子饿伤；给呢，多少有点儿恨铁不成钢。她虽然还指望他一飞冲天，光宗耀祖，可当务之急是他得先成个家。儿子的岁数不小了，没钱，没固定工作，眼睛还飘在头顶上，偶尔有热心人来帮忙牵线搭桥，他不是嫌弃这家的姑娘长得胖，就是批评那家姑娘皮肤黑，搞得比太子爷选妃都严格。董佩兰焦心万分，多次劝说无果，不得不把希望转向村子周边的佛堂庙宇。她开始定期茹素，念《心经》，初一、十五，逢六逢八的日子，往往等不及天亮，便差遣马满银拎着早预备好的香烛果品，老夫妻俩一起去上香拜佛。

许是董佩兰这般的诚心感动了上苍，月老的红线终于系上了她那三十二岁的儿子。促成这桩婚事的人是马满银之前带过的一个徒弟的妈妈。这徒弟如今出息了，开了竹编厂，专接外贸单子。他的厂子规模不算大，拢共五六十名员工，有男有女，有本地人，有外乡人。厂长妈妈给董佩兰的儿子介绍的是一个安徽姑娘，在竹编厂做质检员。姑娘二十五岁，眉清目秀，初中学历，跟着哥嫂来南方打工好几年了，一直住在哥嫂租来的房子里，上班之余帮着接送读小学的侄子侄女。嫂子精明，眼珠子一转，山路十八弯，以帮忙攒嫁妆为由，撺掇老实巴交的哥哥没收了妹妹的大半工资。姑娘尽管不情愿，却没胆和嫂子翻脸。爹妈不在身边，她和头发花白的厂长妈妈接触频繁，闲谈中自然而然地倾吐了想脱离哥嫂的意思。厂长妈妈古道热肠，马上献计一条：在我们这里找个人嫁了吧。有了自己的家，你哥嫂就没理由压榨你了。

农村婚嫁的大行情一年年看涨，娶媳妇的彩礼在八万元左右。马家运气好，安徽姑娘一心求个落脚地，求个婆家的以诚相待，结婚时什么都没要。她的娘家离得远，陪嫁很简单，两床被褥，一条羊毛绒毯子，些许零碎物件。她的思想也很天真：钱财乃身外之物，只要枕边人踏实可靠，有情饮水饱。

马满银父子趁着天晴把旧房子重新粉刷了一下，给旧家具重新上了一道清漆，买了一张席梦思、一台长虹电视机。董佩兰给新媳妇包了两千八百八的红包，另外送了一只玉坠。玉坠是马满银母亲的遗物，躺在抽屉里有些年头了，外形神似扁豆，一寸来长，一指宽。年深日久，玉面微微变色，侧面也有一道细细的裂痕。这东西不值什么钱，讲究的是意义，一代代传下来，叫"传家宝"。

儿子的终身大事圆满完成，董佩兰大大松了口气，但隐隐的失落不是没有。比如，家里有客来访，客人听到董佩兰的儿媳妇讲普通话，免不了问一声"哪里人啊？"。问的人是好奇，没什么坏心，若董佩兰大大方方地回复"安徽人"三个字，这话题也结束了，然而董佩兰每次都要不厌其烦地解释："儿媳妇是外地人没错，不过她不是那种偏远山区的外地人，她的老家离上海很近呢，不穷。"

此番曲里拐弯的回答究竟是想说服客人，还是在宽慰自己？遥想她嫁给马满银时，嘴上没表露什么，暗地里莫名地伤感，自己娘家高门大户、书香门第，夫家却是没落的土财主，二者实在不能相提并论。轮到儿子，不奢望门当户对吧，竟然连个本地媳妇都娶不上，不得不讨了个外地媳妇。唉！真是一蟹不如一蟹！

做了婆婆，仅仅是家里多了个人，一切照旧。各式各样的塑料制品、不锈钢制品迅猛地取代了竹制品，老派篾匠马满银退隐江湖，上午晒着太阳读读报，下午扛起锄头、耙子去山脚下的几分自留地抻抻筋骨。儿子在市区上班，星期六晚上归家，星期一早上乘首班公交车又走了。儿媳妇朴实忠厚，每天家里厂里两点一线。吃完了晚饭，董佩兰洗碗抹灶，儿媳妇也会待在厨房里和婆婆说说话，替她拿拿接接。

这样平静的日子过了没多久，问题来了——准确地说，是董佩兰发现了问题：儿子的衣服被儿媳妇掺杂在一个盆子里洗了！

董佩兰和马满银做夫妻以来，别说盆子了，就是肥皂刷子都是各顾各，分得一清二楚。马家历来有规矩，男人的衣服不能和女人的衣服放在一个盆子里洗，否则要冲撞了男人的运势。眼见儿媳妇坏了规矩，董佩兰如鲠在喉，她先是旁敲侧击地提醒儿媳妇男女尊卑有别，见儿媳妇迟迟不改，索性把话挑明了。

儿媳妇没理这茬儿："妈妈，我和你儿子睡的同一张床，盖的同一条被子，衣服怎么就不能放在同一个盆子里洗了呢？"

董佩兰第一次在儿媳妇面前碰了个软钉子。中国式的婆媳关系禁不住碰撞，一旦产生了矛盾，越往后走，裂缝越大。

第二次让董佩兰感到危机的，是一台冰箱。天气渐渐热起来了，儿媳妇考虑到隔夜的饭菜容易发馊变质，花了一个月的工资去镇上家电行购买了一台容声冰箱。家电行的工人送货上门，把冰箱搬进了堂屋，董佩兰的脸瞬间板得密不透风。马家上上下下归她掌管，买什么、不买什么、东西怎么摆放，她才有权力拍板。儿媳妇不打一声招呼，旋风似的弄回了冰箱，摆明了不把她这个当家人放在眼里，太不像话了！于是，几个星期后，当儿媳妇又高高兴兴地买回一个不锈钢鞋柜时，董佩兰面无表情地发话了："屋里没法摆，你摆到自己的地方去！"

不锈钢的鞋柜长八十厘米，宽不足五十厘米，怎会"没法摆"呢？"自己的地方"——董佩兰划给儿媳妇的"自己的地方"就是睡觉的房间。婆媳共居一个屋檐下，属于儿媳妇"自己的地方"也只有一个睡觉的房间。除此之外的地盘，她一律无权僭越，尤其是厨房。

一个家，厨房是核心区域。谁掌管着厨房，谁就有了不可撼动的地位。

一年到头的小菜多半由儿媳妇购买，一口三餐的烧烧煮煮则归董佩兰安排。不是儿媳妇懒惰，是董佩兰严防死守，不允许儿媳妇接近灶台。

马满银的牙齿七零八落，董佩兰四十出头就安上了满口假牙，老两口对饭菜的要求只有两个字：烂、糊。饭是铺冷饭，头一天多量一碗米，吃不完的剩饭第二天再拌进新淘洗的米里继续煮。下饭菜呢？凡是带帮子长梗子的，花菜、芹菜、洋葱、白菜、卷心菜等，没有一样不是开足火力煮得夹不上筷子。这一顿吃不完，下一顿再回锅蒸一遍，蒸得面目模糊，黑乎乎的。日复一日吃那样味同嚼蜡的黑暗料理，换谁都抓狂。每每儿媳妇嘴巴里淡极了，想钻进厨房炒一碗脆青菜来抚慰一下五脏庙，董佩兰总能及时地掐住苗头。她追在儿媳妇身后，和颜悦色地问："你干吗？"

儿媳妇小心翼翼地回复道："妈，我炒个青菜吃吃。"

"炒什么青菜？"董佩兰愈加和颜悦色，"桌上不是还有半碗剩的青菜么，明天再炒。"

话讲到这份儿上了，儿媳妇还能怎么着？她有她的顾虑：丈夫不在家，女儿要仰仗老人照管，和婆婆正面硬刚也不妥。到了第二天，她从厂里下班回来，董佩兰早备好了饭菜，一水儿的陈菜雷打不动，新烧的菜照例软塌塌。儿媳妇咽了咽口水，颓然地默念了两句应景的诗："明日复明日，明日何其多——啊！"

星期天，董佩兰做烩芋艿。芋艿是马满银从自留地里收回来的，大小不一，堆在墙角好些天了。儿媳妇走进厨房，探头望了望锅里，随口说道："妈妈，芋艿干烩好吃，香！"

没这句话，董佩兰真打算干烩芋艿。但既然儿媳妇这么说了，董佩兰偏生反着来，二话不说，舀起一碗水冲进锅中。

大概是女儿五岁那年夏天的一个傍晚，儿媳妇趁着婆婆在厢房里洗澡的工夫，迅速打开了煤气灶，炒了一盘子扁豆、一盘子蘑菇肉片。就两样平平常常的小菜，董佩兰的脸阴了一个礼拜。不理人，不说话，不笑。耳聪目明的大人自不必说了，读幼儿园中班的小孙女都晓得不要大声喘气。

儿媳妇彻底断了进厨房的念想。

普通人活一世图什么呢？也就图一口香喷喷的食儿吧。如果一日三餐都吃不舒坦，那做人还有什么乐趣！儿媳妇找丈夫商讨，希望他出面劝劝婆婆，别把厨房管得太牢。丈夫百般推托。他赚得一份自给自足的工资，没有家用补贴给妻子，不觉愧疚；没有能力孝顺父母，却深感难堪。他宁愿弃妻子不顾，也绝不敢开罪母亲。况且，他在家的饮食随心所欲，又不受任何限制。

不得已，儿媳妇找了个机会和大姑子谈了谈自己的窘境。刚起了个头呢，大姑子直接展开了痛心疾首的批评："你怎么能这么看待我妈妈？她年纪那么大，餐餐为你服务，你还不满意！太不应该了！"

姑子们体验不了弟媳妇所谓的"不满意""不应该"。娘家的厨房门永远向她们敞开着,逢年过节,她们携夫带子回娘家团聚,烧什么菜,什么时候烧,怎么个烧法,董佩兰有求必应,全方位多角度配合,慈祥且温柔。热热闹闹地吃完团圆饭,厨房禁地马上向儿媳妇开放了——洗碗、抹灶交由她善后。

婚后第九年,董佩兰的儿子儿媳妇一拍两散了。

离婚是儿媳妇提出来的,没有房产和共同财产的婚姻,也没啥好扯皮的。董佩兰的儿子每个月出几百块抚养费,前妻带着女儿在镇上另租了两间房子安身。

儿子变回了光棍,董佩兰不难过。让她大为光火的是,儿媳妇没有主动归还马家的"传家宝"。她冲着儿子发了好大一通脾气,催着他去前儿媳妇那儿讨要。儿子拗不过,打电话给前妻,请求她把玉坠拿出来,好让他跟他妈妈交差。

前妻爽快地答应了,说:"行啊!带块小手帕来,站一边儿等我用石头拍碎,你包着回去。"

杨梅干

打小,袁枝就意识到母亲不爱父亲。

袁枝父亲袁长海是个老实巴交的山民,瘦长脸,皮肤黝黑,鼻子两侧浮着几粒绿豆大的麻子坑;个子不高,走路时,右边的肩膀似乎总比左边的肩膀低了半寸。如此一来,本应精精神神的一个人就显得有点儿蔫巴了。奶奶说,那是过去在农业社落下的毛病。挑沙土、挑肥料、挑谷子……上百斤的担子一年四季压在肩上,再好的肩膀都歪掉了!

奶奶话里话外的意思,袁枝懂。老太太这是心疼儿子呢。但提起儿媳妇,奶奶的语气便大相径庭:说袁枝母亲懒,重活儿掂不动,轻活儿不愿干;说袁枝母亲馋,家里存不住好东西,有点儿面粉、香油、白糖,千方百计地算计着用掉；说袁枝母亲爱打扮，不出门办事，不走亲访友，也天天抹桂花头油、搽雪花膏。奶奶还唠叨了很多，袁枝一只耳朵进，一只耳朵出，绝不接她的话茬子。

袁枝六岁那年的冬天，母亲不慎打破了一只盛满猪油的蓝花碗，一向节俭的奶奶心疼不已，忍不住数落起来。袁枝母亲起先没吭声，老太太以为儿媳妇心虚理亏，越发情绪高涨，咄咄逼人，大有新账旧账一起算的架势。袁枝父亲坐在灶后，轻手轻脚地添柴，恨不得把脑袋钻进灶膛里。袁枝母亲没和婆婆比拼嗓门，也没拿丈夫撒气，只是捧起碗橱里的一摞白瓷小碗，哐当一声丢在了地上。老太太"啊哟"一声，刚准备说什么，袁枝母亲素净的手又伸向另一摞盘子。老太太呆愣一会儿，扭过头，气急败坏地喊儿子："长海，长海——你就这么由着她乱来吗？！"

袁枝远远避在门边，看见父亲慌慌张张地站起身，手在裤腿上胡乱擦了几下，张了张嘴，又怏怏地坐回烧火凳上。

袁长海大字不识一个，往祖上扒三代，一律货真价实的泥腿子。袁枝母亲本是杭州来的知青，有文化，有样貌，当年下地干活儿不慎摔断了左腿，难以动弹，袁长海把她背回了宿舍，翻山越岭请来接骨的老郎中。在她休养期间，袁长海主动承担了她所有的农活儿，帮她补上工分，还用从牙缝里省下来的几块钱买了藕粉和绿豆糕。腿复原后，袁长海请了村主任老婆做媒，女知青想也没想，一口拒绝，理由是日后要回原籍，要上大学。抛开这个理由不说，袁长海年长她八岁，其貌不扬，生性木讷，简直三棍子敲不出屁来，但凡有点儿心气的女孩子都不可能喜欢这样的闷葫芦。可最终，女知青还是屈从了命运的摆布。她父母双亡，唯有一个插队黑龙江的兄长。她在偏僻的山村苦熬了好几年，返城的指标迟迟不来。一边是遥遥无望的等待，一边是独在他乡的孤单。她就像一只慌不择路的小兽，半推半就地走进了一桩心不甘情不愿的婚姻。

平心而论，袁长海对妻子不错，处处忍让。婚后的第二年，他们有了儿子，取名袁林。第五年，女儿袁枝出生。袁枝刚满周岁，知青返城的政策开始落实，袁枝母亲心动了，一趟趟地往镇政府跑。工作人员告诉她，返城的名额仅限本人，丈夫和子女不能随行。这意味着她只有两条路可选：要么留在小山村，要么离婚。

在袁枝的记忆里，母亲鲜有开怀的时候，即使家里发生了令人振奋的欢喜事，她顶多抿抿嘴，浅浅一笑，眉头却还拧着。袁林淘气，天不怕，地不怕，在外面张牙舞爪。奇怪的是，他一见到文弱的母亲，马上俯首帖耳，无比温顺。不能说父母的感情不好，袁枝几乎没听到过他们的争执声。长大后的袁枝还能清晰地回想起母亲看着父亲的眼神，虚无、空洞，宛若一根飘来荡去，却无法降落的羽毛。也不能说母亲不爱儿女，她几乎没有高声责骂过两个孩子。相较于袁林，母亲似乎更在意脸盘子酷似自己的袁枝。袁枝身上的衣服、脚上的鞋子，全是母亲一针一线缝制的，衣领上有蓬松的荷叶边，裤腿上钉了亮晶晶的纽扣，鞋头上绣了秀气的小花。袁枝上小学时，班级里二十多个女生，她的衣服最漂亮、最得体、最时髦。农村物质条件有限，小孩子难得吃到零食，母亲时常煎一锅鸡蛋饼或做点儿酒酿年糕解儿女的馋劲儿。鸡蛋饼金黄松软，酒酿年糕软糯芳香，但袁枝情有独钟的，是母亲做的杨梅干。

端午节前后，杨梅成熟，父亲去山上摘回满满几小筐。母亲头天晚上把清洗干净的杨梅投入盐水中浸泡半个时辰，沥干水分，撒上白糖。第二天一大早，把已腌制出水分的杨梅倾入锅中，大火烧滚，小火熬制收汁，一颗颗地夹出来，晾在风口上吹干后二次回锅，压着灶膛内将熄未熄的微火一遍遍地翻焙至紫黑色。焙干的杨梅凉透，再裹薄薄一层白糖，装进密封的玻璃瓶子保存。

杨梅干好吃，难加工，还特别耗费袁枝奶奶视如珍宝的白糖。整个村子，也只有袁枝母亲不嫌麻烦，年年都费劲巴拉地制作这种不管饱的零嘴儿。袁枝放学回家，往往等不及放下书包，立刻跑去找母亲讨杨梅干吃。三五颗酸酸甜甜的杨梅干，袁枝翻来覆去地咂着，从舌尖一直美到心底。五年级，语文老师布置了作文，题目是《幸福的滋味》，袁枝洋洋洒洒发挥了一页纸，写的就是母亲的杨梅干，老师打了九十五的高分。那时候，十二岁的袁枝根本没想过母亲会离家出走。

二月二，龙抬头。本村种花木发家的万元户照例请了草台班子唱了三天三夜的地方戏。戏班子走了，戏台子拆卸了，袁长海惊觉妻子也消失了。屋里屋外一贯的清爽，什么也没少，存折放在抽屉夹层的角落，一家四口的衣物整整齐齐地叠在柜子里。他焦急万分,四处寻找,总算在邻县的一个小村庄找到了妻子的足迹——她和戏班子的小生私奔了。

一个女人为了个唱戏的野男人抛家弃子,这件八卦性极强的情事在当地传得沸沸扬扬。城门失火,殃及池鱼。连带着,袁林、袁枝兄妹俩都出了名。成绩素来拔尖的袁林受不了同学有意无意的调侃,愤而退学去混了社会。母亲找父亲协商离婚事宜,提议两个孩子一方一个:儿子归袁长海,女儿由她带去小生家。

开庭当天,听闻自己被判给母亲的袁枝双膝跪地,不顾一切地冲着法官咚咚磕头,涕泪交加,表示自己坚决要跟随父亲。

一个家,缺少了女主人的把持,生活质量一落千丈。尽管袁长海疼爱女儿,但他终归是个粗人,顶多不饿着、不冻着孩子,哪里有母亲呵护的那一份细致?初中时,袁枝上上下下穿的都是母亲之前留下的衣物。她瘦小,母亲的衣服宽大,袖子长及手背,下摆拖在屁股下面,道袍似的晃晃荡荡,和班上穿着花花绿绿的女同学走在一起,像个异类。青春期的女孩敏感爱美,因这些扎眼的衣服,袁枝越来越害怕去学校。如果自己暗恋的那个双眼皮男同学恰好迎面走来，她就深深地埋下头，恨不得把自己的影子都掩藏起来。

初三上半学期，袁枝辍学去城市打工。没学历没手艺的她在饭店打过杂，当过传菜员，穿行在熙熙攘攘的街头发过广告传单，也在汽车美容店洗过汽车，还做过家政钟点工。赚钱不易！可赚的工资她没能攒起来。租房、水电、吃饭的开销占了一部分，余下的，她通通用于买衣服、鞋子。她一有空就去逛街，一看到喜欢的衣服就控制不住地想据为己有，任衣服鞋子堆满了狭小的出租屋。她也知道这样不好，每买一次，她都会狠狠地懊悔一场，可再深刻的懊悔都敌不过新衣服捧在手上的那种满足感。二十岁，她进了一家无线电厂做装配工，同车间有个年轻的男孩追求她。男孩有眼色，懂得投袁枝所好，陆陆续续地送衬衣、裙子、马甲、外套……这些衣服本不值什么钱，但送对了路，效果翻倍。礼拜天，男孩带袁枝去了几十里外的乡下小镇，他家有三间不新不旧的青砖瓦房，临近村路。袁枝蹬着一双黑色细高跟鞋，刚迈进门槛，地上顿时陷下去两个圆溜溜的小窝儿——屋里居然还是不那么平整的泥地。男孩的父母亲忙前忙后，荤荤素素烧了七八个菜。饭桌上，男孩的母亲不停地往袁枝碗里夹鱼夹肉，温和地喊她"囡囡（女儿）"，喊得她的心软成一团棉花糖。

婚姻大事是袁枝自己做的主，没有媒人，没要彩礼，袁家没摆酒席、没请客，她把父亲袁长海和哥哥袁林叫到夫家来吃了顿饭，算是对他们的交代。夫家的日子颇为清苦，丈夫是个斯文先生，肩不能挑，手不能提，家里的经济多半要靠袁枝动脑筋。泥巴地的青砖瓦房漏雨漏得厉害，她找哥哥袁林借了一笔钱，翻盖了一栋二层小楼，楼上住人，楼下开了烟酒杂货店。

袁林貌似在社会上混出了名堂，开着锃亮的轿车，脖子上套着黄灿灿的金链子，手下养着几个花臂小弟，天晓得在挣些什么钱。袁枝不问，他不说，只定期差小弟给袁长海送来生活费。袁枝暗暗为哥哥担心。偶尔，她也会想，如果不是母亲任性缺席，聪明的袁林一定能考上高等学府，有个光明安稳的好前程。她没和袁林讨论过这个可能，日子一晃就过去了，她自己的女儿都长成了如花似玉的大姑娘，还有什么必要去纠结一去不复返的老皇历呢？

令袁枝愤懑的消息是一个定期给日杂店送货的批发商年前带来的。那个小了袁枝母亲七岁的小生终非良人，喝酒、打牌，在外面勾三搭四，有了不顺心事，回家就拿女人出气，骂骂咧咧，推推搡搡，下手没轻没重，常常把袁枝母亲打得鼻青脸肿。

掐指一算，母亲近七十岁了。三十多年没联系，袁枝想象不出老了的母亲是何种模样。出了正月，她领着自哥哥那边借来的几位花臂小弟气势汹汹地赶到小生家中，推开门，二话不说，扛起梯子上了屋顶。醉眼昏花的小生还没回过神来，瓦片已啪嗒啪嗒地碎了一地。

在花臂小弟的簇拥下，叉着腰的袁枝气场爆棚，她一手揪住小生的衣襟，一手指向旁边的母亲，掷地有声："你个糟老头子，以后再敢欺负她，我拆了你的破庙，给你好看！"

丢下这句话，袁枝头也不回地跨出小生家的大门。自始至终，她都没拿正眼瞧过母亲。坐进面包车后，她下意识地抹了一下脸，手心湿漉漉的。

天气慢慢转暖，不知不觉，又到了端午节。那一天，供货商好巧不巧地来送货。他搬好了袁枝要的货品后,又小心地从副驾上拿出两个装满杨梅干的玻璃瓶。

玻璃瓶被搁在了柜台高处,直到落满灰尘,袁枝都没动过它们。任何东西都是有时限的,杨梅干也一样。年少时,期望多多益善。人到中年,胖,血糖高,她不想,也不能消受这齁甜齁甜的东西了。

单刺仙人掌

这个总人口数不到两万的小镇叫来凤镇。镇上最繁华的一条街道叫凤鸣路。

凤鸣路是东西走向的柏油马路,全长虽不超过一千五百米,但路两侧几乎囊括了与老百姓日常生活息息相关的全部重要场所。因而,每天从早到晚车来人往,川流不息。

以来凤菜市场为地标,向西,是经营各色商品的大小店铺、税务所、广电站、银行、农资公司、书店、邮电局、快递驿站、国家电网、饭店宾馆、学校、医院、交警大队……向东,等于凤鸣路的"街尾巴",喧闹劲儿明显小了。除了一间门脸儿很窄的社区医务站,一个中等规模的水暖建材商店,一家开了好几年的家家福超市,其余一些稀稀拉拉的小店开了关，关了开，闹着玩儿似的，总也成不了气候。如果不是来凤镇唯一的城乡公交车站在八年前搬迁到凤鸣路的最东头，汇集在这段路上的行人，估计还要减少一半。

来凤镇的城乡公交车站外观气派，管理规范。几十辆通体喷印着花里胡哨广告的公交车像识途的老马一样，按照固定的时间，沿着东西南北四个方向的数条固定路线做规律的往复运动。两元一票，把所有怀着明确目标的乘客们装载到他们想抵达的地方。春夏两季，清晨五点半；秋冬两季，推迟三十分钟；第一班开往市区的公交车准时发车。

背着双肩包，身材颀长的初高中学生；塞着耳机，目不斜视的年轻男女；拉着满满当当简易购物车的妇人；穿着保安制服，骑着电动自行车的中年男子；面色凝重，拎着印有"第一人民医院"字样的塑料袋的老年夫妇……脚步匆匆地自凤鸣路西而来，赶向凤鸣路东的公交站。

同一个时间点，居住在十几里甚至二三十里外的山民们也搭乘着首班公交来了。男男女女，高矮胖瘦。他们中绝大部分人的目的地是菜市场，买些鱼肉荤腥和已计划好的日用品。有些人，奔着公家单位办事或走亲戚。上了年纪的人，去医院量血压、验血糖。还有的人，提着或用一根扁担挑着鼓鼓囊囊的口袋，看那架势，就知道是专程来镇上卖山货的小贩。乘客们下了公交车，鱼儿一样，三三两两地"游"出车站大门，穿过一个有红绿灯的十字路口，顺着马路向西，不紧不慢地走着。

甭管是从西向东的人，还是自东向西的人，都得从蛮子奶奶家门前经过。

这一片的房子分两类。路南朝北的，是户型一模一样的联排集资房。路北向南的，全是居民自建房。既是自建，房子的构造和年份自然不一样了。形态各异的房子像参差不齐的牙齿那样，嵌合在一起，竟也产生了一种严丝合缝的和谐。

蛮子奶奶的家在路北，院落出前，与东西两户紧邻的房屋呈"品"字形排列。她家的院门还是几十年前流行的铁制镂空独扇门，门上的防锈漆斑斑驳驳，欲盖弥彰。院门左边两间低矮的小平房，绛紫色的木头窗户总是紧闭着，常年租给镇上的一位漆匠存放泥子粉。漆匠的业务忙，装泥子粉的农用卡车频繁地送来满车的货，漆匠又用三轮摩托车一袋袋地运走。搬上搬下，搬进搬出，干燥的泥子粉从蛇皮袋的缝隙伺机逃出，自由飞舞一会儿，又快快落下。日积月累，两间小屋外的地面上白白一层，像板结着的白霜。

进了院门，是个小小的、长方形的天井。蛮子奶奶家的地理位置挺不错，除了右邻家的围墙稍稍高了些，前面和左边也没什么遮挡。奇怪的是，她家的天井并不明亮，起了薄雾似的，空空茫茫。

天井后方是砖木结构的二层小楼，石头地基，灰白色的水泥墙，古朴的小青瓦，白铁皮的滴水檐。这样一栋处处显露出年代感的旧楼房，仿佛一个饱经沧桑，却又还很硬朗地活着的老人。容易怀旧的人，路过此处，往往会不由自主地放慢脚步，把投到小楼屋脊的目光一寸一寸地往下挪动，直至落在平房顶上一字排开的十来只葱盆上。

葱是本地独有的品种，打理得颇得法，肥嫩水灵，不管哪个季节，都傻绿傻绿地戳得笔挺。最西首的葱盆旁边——也就是小平房的出檐尽头，有一丛单刺仙人掌。这种植物不稀罕，但有药用价值。剪一小块，削皮去刺，加几粒细盐捣成糊状，敷在刚红肿起势的疖子上，能消炎止疼。从前，来凤镇很多人家的院子里少不了它。现如今，药店里的药膏性价比更高，买回来一抹，效果立竿见影，又规避了被刺伤的风险。所以，愿意种它的人家少之又少了。

蛮子奶奶家的这丛单刺仙人掌很大、很蓬勃。主干上裂变出的众多分支像章鱼触手一样，越伸越长，最终慵懒地垂在了蛮子奶奶家的石头围墙与右邻家大门柱子的交界处。

南方盛夏的太阳毒辣无比，石头围墙和水泥柱的吸热能力又强，可倒垂在这二者夹缝中的单刺仙人掌非但没被高温折磨死，反而活得神采飞扬。每年的四月到八月，是单刺仙人掌的开花期。密集的明黄色花朵像一把把收放自如的小伞，夜晚静静闭合，白日熠熠生辉，美得不可方物，撩拨得行人忍不住掏出手机。

相当一部分人，是通过这丛顾盼生姿的单刺仙人掌，知道蛮子奶奶的。换句话讲，若不是这单刺仙人掌出尽了风头，蛮子奶奶也没那么高的知名度。

蛮子奶奶在凤鸣路上住了几十年了，她听得懂当地话，但舌头不配合，上下唇一磕，还是叽里咕噜的家乡话。她的家乡在哪里，鲜有人知。听她的口音，像是西北人。本地人习惯性地把本省以外的人称为"蛮子"。蛮子奶奶姓张，真实的名字大概只有村委会的办事员和送报纸的邮递员知道，邻居们倒无所谓。正式的场合，大家喊她"老张"；平日里，就叫她"蛮子"。岁数比她小的人觉得光叫"蛮子"显得不尊重，便在后面缀了个"奶奶"。叫顺溜了，"蛮子奶奶"索性全面取代了"老张"。

蛮子奶奶七十多岁，个子不高，衣着朴素。天冷后，她喜欢戴一顶浅灰色的套头绒帽。乍一看，无非一个土味十足的乡下老太太。但与她同辈的人都知道，几十年前，蛮子奶奶可是正儿八经的区长夫人。她的居所也是她的区长丈夫在任时，组织上安排的。这座房子里曾经住着一家五口：蛮子奶奶夫妇、儿子儿媳妇和孙女。

蛮子奶奶的区长丈夫，据说是一位老革命。也许年轻时在战场上扛了太多苦难，他没等到退休，就罹患急症去世了。他不是第一个从这房子里离开的人。在他驾鹤西去前，儿媳妇早已和儿子离婚，净身出户。

对于蛮子奶奶儿子儿媳妇的婚姻，外人众说纷纭：一派指责儿媳妇贪慕虚荣，不负责任；一派觉得儿媳妇离婚是脱离苦海，情有可原。

蛮子奶奶的儿子是个智力有障碍的残疾人。长相马马虎虎，只是眼睛无神，嘴角时刻缀着谜一样的微笑。一米六不到的个子，鸡爪子似的两只手，O形的两条细腿走路一歪一扭。这样的人要是托生在寻常百姓家，不要妄想着娶老婆了，就是吃口饭都是难题。幸亏他的父亲身居要职，他才得以在来凤菜市场做清洁工。尽管智力低下，他出勤却不偷懒。天蒙蒙亮，他右胳膊上挂着竹籔箕，左手拖着一把竹扫帚，摇摇晃晃地出现在菜市场里。"刷——刷——刷——"东边扫几帚，西边搂几把。扫累了，扫帚放倒在地当凳子坐着。菜市场七八个管理人员，谁也不真的来监督他的工作进程。有促狭的人故意喊他的名字，"阿虎"。他笑笑。再喊，"阿虎"。他还是笑笑，清鼻涕像细丝线一样，软软地滴答到衣襟上。

这样一个男人，正常女人怎么甘心伴他左右？更何况，蛮子奶奶儿媳妇生下的女儿，几乎是阿虎的翻版。

儿媳妇离开后，屋子里剩下了三个人。过了几年，阿虎失业了。对此，蛮子奶奶的解释是儿子的手脚随着年龄的增长，抖得更严重，不能上班了。明眼人点点头，笑而不语。

区长父亲的老同事们差不多都退休了。失去了托底的旧情，哪个单位愿意养个摆设呢？

有好几年，只要不下雨，蛮子奶奶家院门的两边总是倚着阿虎父女。一样的姿势，一样的神态，直愣愣地盯着马路上的人和车，像守门狮子似的，半天都不动弹。

有一年秋天，邻居们发现院门边上少了阿虎的身影。一问，是蛮子奶奶把他送进了市区一家付费的养老院。残疾人帮扶政策补贴了一些，蛮子奶奶自己掏了一部分，确保了阿虎后半生衣食无忧。

每隔半个月，蛮子奶奶就一手拎着一只大大的保温桶，一手拽着孙女的手，去马路东头赶早间第一班开往市区的公交车。养老院在郊区，需要换乘两次，来去一趟花费几个小时。半天的奔波，只为了给阿虎送一次他最爱吃的霉干菜扣肉，也为了孙女能见一见爸爸。至于孙女的小脑袋里有没有父女情深这档子事——管她呢！

蛮子奶奶的孙女小名叫云儿。

云儿在镇小学糊弄到小学毕业，镇上的初中不接收，蛮子奶奶也没有余钱送她去市区的特殊学校，就辍学了。

小学的六年大约在云儿心里留下了很深的印象。她每天起床后，洗漱一番，马上开始早读课。一张高脚小方桌放在院门口，桌上摊着一本小学语文课本（似乎是三年级上学期的）、一本薄薄的牛皮纸封面的练习簿。云儿坐在小板凳上，有时勾着脑袋，左臂压着语文书，右手执一支圆珠笔，在练习簿上一笔一画地写着什么。有时，她不写字，只是两手捧着语文书，中规中矩、抑扬顿挫地朗读着书中的课文。她读得很认真，全情投入得仿佛不是坐在嘈杂的马路边，而是身在一个严谨的课堂中。如果她在朗读，绝对心无旁骛，不开一点儿小差。如果她在写字，那她写几行就会停停笔，抬着下巴，提高音量，和一些有意无意扭头审视她的人打个响亮的招呼："侬——到——街——上去——呀！"

有的人置若罔闻，飘然而过。

有的人半推半就地收下她的这份热情，漫不经心地回应她一个字："嗯。"

有的人暗暗叹口气，半是怜悯，半是感慨："她的一辈子，有什么意义呢？"

这天地之间有不计其数的人，于他们而言，生活只是无休止的劳作，谈不上美好，称不得丑陋，春花秋月，夏蝉冬雪，四季更迭，不过轮回一瞥。他们就是如此在光阴中木然老去的。本质上，和云儿有什么两样呢？

云儿的"早读课"结束，吃罢早饭，去马路对面的小溪里洗自己和奶奶的衣物。蛮子奶奶手把手教过她洗衣服，教了不下五十遍。她洗得很细致，领口、袖口、对襟、下摆，一一擦过肥皂，用刷子刷，用棒槌敲。溪坑埠头上的几个妇人相视一笑，真心实意地表扬她："云儿真能干！"

洗完了衣服，没什么事了，云儿背着手，安静地倚在院门边上，看车，看人。她遗传了爸爸的内翻足，走不成远路。幼时的她瘦瘦小小，蛮子奶奶下地干活儿去，还能把她和农具一起放在脚踏三轮车的车斗里带着。长大后，尽管她不胖，蛮子奶奶蹬起三轮车来也够呛，云儿只能独自待在家里了。

蛮子奶奶种的地都是些别人不要的荒地，她辛辛苦苦地拔掉野草，垦松、打垄、施肥，种植各种各样的当季蔬菜：青菜、毛豆、南瓜、茄子、土豆、辣椒、芋头……一篮子一篮子地收回来，她和云儿根本吃不完。品相好的，她挑一半去菜市场卖掉,换点儿钱买些荤菜,给云儿加加营养;另一半,送给要好的街坊邻居。有虫子疤的,不上相的,她和云儿吃。

一天中午,蛮子奶奶从地里回来。云儿兴高采烈地迎上去帮奶奶提菜篮子,大声地说了一句脏话:"××。"

蛮子奶奶吓了一跳,强作镇定地核实:"云儿,你说什么?"

"××!"

"你再说一遍。"

云儿兴高采烈:"××!"

蛮子奶奶抡圆了巴掌,用力地甩在云儿的脸上。啪的一声脆响,祖孙俩全惊呆了。

云儿哇哇地哭,蛮子奶奶厉声呵斥。左右邻居都被招来了,七嘴八舌地询问。

蛮子奶奶泪珠四溅,反复念叨:"谁这么缺德?教她学脏话!谁这么缺德?教她学脏话!"

云儿二十四五岁了,有人上门来做媒,对方是山里一户人家的儿子,三十二岁,穷得当当响,愿意入赘蛮子奶奶家。蛮子奶奶连连摇头，断然拒绝。媒人劝道："你这么大年纪了，有个人帮着照顾云儿，你也轻松点儿。"

蛮子奶奶说："这是我一手带大的亲孙女，我烦累的时候都嫌她呆，恨她傻，控制不住地骂她。将心比心，毫无血缘关系的外人能有多少真心疼她？"

"那云儿更有必要生个孩子了。"

"假如婚后生下的孩子和她一样，岂不是害人吗？"

"你一大把年纪了，还能顾她多久？"

"活一天，顾一天。"

云儿不懂"嫁人"是什么意思。她不像这个镇上另外一个四十岁的患有唐氏综合征的姑娘，叫那些不怀好意的人撺掇得日日跟她妈妈"要老公"。她妈妈到哪里去找一个女婿出来呢？于是，胖乎乎的她生气地在凤鸣路上来来去去，跺脚大哭。那天傍晚，蛮子奶奶和云儿正在门洞里挑拣刚从地里收回来的土豆。胖姑娘又哭着来了，祖孙俩齐刷刷地抬起头，目送着她远去。

快过年了，蛮子奶奶打扫天井时不慎扭伤了脚踝。虽然没伤及骨头，但快八十岁的人了，恢复缓慢。蛮子奶奶在轮椅上坐了四个月。那四个月，云儿笨手笨脚地扫地、淘米、做饭、洗衣服，街坊邻居们轮番送点儿热乎乎的小菜过来。祖孙俩也风平浪静地熬过了。

蛮子奶奶能下地走路了，院门边上的仙人掌也开花了。一朵接着一朵，在温柔的阳光下，洋溢着生命的热烈。云儿伸着弯弯的食指，点着那些黄灿灿的仙人掌花："一、二、三，一、二、三，一、二、三……"

数来又数去，总是"一、二、三"。蛮子奶奶也不吱声，任由孙女快乐地数着。

眼泪

星期五的晚饭桌上,婆婆发话了:"秋囡,后天你不用去摆摊了。"

正往吉吉碗里夹青菜的秋囡下意识地问:"妈,有事吗?"

三岁的吉吉坐在秋囡和婆婆中间的一张高背竹椅上,下巴粘着几颗饭粒子,小眼睛圆溜溜的,学着秋囡的口气嘟囔了一句:"妈,有事吗?"

秋囡憋住笑,摸摸吉吉的小脑袋。婆婆不满地扫了秋囡一眼,大有怪秋囡没教养好儿子的意思。她是老派资本家小姐出身,重规矩,讲究尊卑有序;长辈讲话,可轮不着小孩子插嘴!

眼神警告完毕,婆婆继续下达指示:"后天做清明拜拜,我一个人忙不过来,你留在家里管吉吉。"

星期天,菜市场的人流量大,生意总归要比平日里好一些。停工意味着少一天的收入,秋囡舍不得。她迟疑了一下,小声地说:"建设后天不也在嘛。"

建设是秋囡的丈夫,在离家三十多里的市工业园区上班,吃食堂,睡宿舍,每星期在家与工厂之间往返一趟,星期六下了班乘公交到家,星期一早上又乘公交走了。秋囡和婆婆公公同居一个屋檐下,朝夕相对,反倒是自己的丈夫,一个月才聚四次。碰了面,夫妻俩也像是平行线。秋囡做自己惯常的事:睡午觉、陪孩子、看电视、翻翻书。建设是尖屁股,好动,没定性,在屋里坐不了五分钟就找借口出去了,要么沿着弄堂闲散地溜达,要么去棋牌室打东西南北风。所以,说起来他待家里有一天两宿,实际上只是大家凑在一张桌上吃了几顿饭而已。至于睡觉,吉吉没出生前,两人睡一张床,背对背,秋囡向外,建设朝里,老夫老妻似的。有了吉吉,建设嫌床窄,嫌吉吉闹腾,嫌三个人挤着束手束脚,常常避到楼下厢房的单人床上去。吃罢晚饭,他闷声不响地跑了,神游到十一二点,蹑手蹑脚地回来。

婆婆给建设留了后门。

秋囡躺在黑暗中，静静地听楼下自来水的哗哗声，知道他在洗脚。很久前的老式楼房，石头搭建的地基，楼板和楼梯都是木的。"咔——嗒"，这是建设拉灭了电灯，秋囡甚至能想象得出那根细细的、绿色的尼龙绳离开了建设潮湿的手，又软软地晃动了两下。"咚、咚、咚"，这是建设上楼的声音。经年累月的老楼梯，他再怎么踮起脚尖，都压不住沉闷的震动。

"笃、笃、笃"，他一下一下敲着秋囡的房门。

秋囡明明醒着，打的鼾却比真正睡熟了还声势浩大。之前，她会把钥匙插在门孔里，省得建设半夜敲门惊扰到隔壁房间的公公婆婆。忘记了是哪一天，她默默地收起了钥匙。建设没问为什么，她也没说。建设来敲门，她有时慢吞吞起身，赤脚下床，灯也不开。有时候，她睁着眼睛，稳稳地躺在一团铜墙铁壁的黑中，听建设迫切又克制的敲门声，听他停下了敲门声后那短暂的沉默，听他迟疑地、不甘心地转身下楼。

万籁俱寂的深夜，隔着一扇薄薄的木门，所有的一切，似乎都繁衍出了声音。

有一回，建设敲了很长时间的门，她没开。第二天，婆婆的长脸严肃地板着，像一块严严实实的大理石板，连吉吉和她打招呼，她都耷拉着眼皮子，爱搭不理。秋囡有点儿难过，婆婆的脸明摆着是板给自己看的，却连累了不谙世事的儿子。

难过归难过，又能怎样？建设在或不在，她都觉得自己正被无处不在的孤独裹紧，怎样的左冲右突也无济于事，那无依无靠的感觉依旧肆意游走。

婆婆喝了一口汤，说："建设回来是回来，他有他的事。哎——哎——"婆婆的手掌用力地拍打饭桌，以此来通知公公——公公的听力不行，非得大声吆喝。婆婆拔高音量，大声地说："哎！后天建设回来了，你们爷儿俩一起上山插彩球，把老坟四周的柴草锄掉，培点儿新土，修一修。"

公公不以为意地摇摇头："建设肯去山上？"

"不去，他怎好不去？"婆婆的脸顿时板了下来，眼睛虽然盯着老头子，话里话外却是朝向秋囡，"我们年纪大了，还能管几年的事？每年清明的上坟都是你一个人去办的，也该他们学学了。不然的话,等你爬不动山了,他们恐怕都找不到去坟头的路。"

四个大人,两个男人进山打理祖宗的"园子",一个看孩子,一个烧饭。其实吉吉乖得很,大人忙碌的时候,他自己会看动画片,在一堆玩具中找乐子,轻易不裹乱。

秋囡想说,拢共才烧几碗小菜呢,能费多少工夫?况且"做拜拜"是在下午四点之后。

究竟没张得了口。

星期六傍晚,建设到家。吃晚饭时,婆婆把昨天说过的话又重复了一遍。建设勾着脑袋,唔唔应了两声,算是表了态。

楼下厢房的被褥拆洗了,还没完全干透。夜里,建设睡在了楼上。身边多了个人,手脚多了一份拘束,秋囡睡得极不安稳。建设咬牙咬得厉害,嚼炒豆子一般,"格啦格啦"的声音前赴后继地涌入秋囡的耳道。迷迷糊糊挨到天亮,她听见隔壁房门开合的声音,接着,有人咚咚地下楼了。

想必是公公婆婆起床了,秋囡推了推熟睡的建设:"你早点儿起床吧,今天要上山,别叫你爸老等着。"

建设翻了个身，不耐烦地说："休息日也不能安生，真是！上山一趟多累，腰酸腿疼的，让我爸自己去吧。"

秋囡说："昨晚上你可是答应过你妈了。"

建设猛地把脸埋进被子："答应了，我也不去。"

秋囡赶紧从床上爬起来："既然你不去山里，那你和你妈在家一个人烧饭，一个人带孩子，我就去街上摆摊了。"

"你去吧。"建设捂在被子里，瓮声瓮气。

秋囡下了楼，望见公公婆婆在院子西南角的柴房里窸窸窣窣地翻找着什么。她洗漱完毕，匆匆跨上了自行车。菜市场谋生得赶早，去晚了，没有地方摆摊。往常天不亮她就出门了，今天计划乱了，晚了四五十分钟。

这镇上的人过清明节没个准日子，清明前后一星期都可以"做拜拜"，没有人觉得这不合规矩。不像秋囡的娘家，祭祖必须在清明节当天，不得提早或推后。秋囡的娘家在外省，来去上千公里。她和建设是通过《知音》杂志认识的，先交笔友，鸿雁传书大半年。建设的字写得中规中矩，极为秀气。她笃信"字如其人"的古训，先入为主地框定了建设的人品。他们通了电话，建设按信封上的地址找上门。她父母仔细打问了一番，很不放心，毕竟建设没有稳定的工作，又比她大七岁，家境清贫。她那会儿觉得父母势利眼，都什么年代了，工作固定不固定区别不大，有手有脚的，难道能吃不上饭吗？大七岁怎么了，男人年龄大会疼人。家庭条件不行，只要人好，有情饮水饱。

结婚前，秋囡来建设家做了几天客。狭窄的弄堂深处，一栋灰头土脸的二层小楼，建设的父亲头发花白，母亲个子矮小，两位老人不会讲普通话，只是不停地微笑。秋囡清晰地记得，建设母亲的脸时刻笑开得像一朵菊花，生生地把一张长脸抻圆了。她满意于两张年迈的、生动的、温和的笑脸，没要任何彩礼，简单方便地把自己嫁了。

没料到，嫁给建设的这几年，她彻底领教了婆婆的阴晴不定。婆婆擅长板脸，一年三百六十五天，至少有一半时间花在板脸上，大事要板脸，小事要板脸，最无厘头的是，明明没什么事，她的脸部线条也能僵硬好几天，嘴巴闭得严严的，像是关实的山门，随时随地把人推出十米之外。往往那样的情况下，懵懂的吉吉都晓得贴着墙根儿走，轻易不去奶奶面前招摇。

秋囡害怕看到婆婆板着的脸，但除了这个家，她别无去处。每天中午，她踏进家门的第一件事就是偷偷打量婆婆的脸：如果没有硬邦邦地板着，她不由得长舒一口气，像是获得了某种特赦；如果明晃晃地板着，她便下意识地把自己站成一张薄薄的纸，尽量不占据老屋里的任何空间。

秋囡在菜市场忙乎了半天，到家时已是十一点。堂屋里空荡荡的，没有一个人。走进厨房，建设在煤气灶前炒菜，婆婆和吉吉坐在大灶后烧火。秋囡拿起茶杯，正准备往嘴边送，婆婆冷不丁地发话了："你去哪里了？"

秋囡一愣，小心翼翼地回答道："我摆摊去了呀。"

婆婆的语气里浮动着金属撞击的寒凉，她声调平板，每一个字都咬得异常锋利："我不是叫你不要去街上吗？你怎么去了！"

"建设不和爸爸去山上，家里有你们两个人在，我才去街上的呀。"

"那你为什么不来和我说！"

"我和建设说过了。"

"你没有和我说！"

"建设知道的。"

"你没来和我说！我不知道！"

灶膛里的柴火噼里啪啦地造着势，红红的、长长的火舌凶猛地蹿出灶门，在婆婆的脸上长势迅疾，压倒了一切，倏然长出了一片遮天蔽日的森林。

秋囡本来想反问婆婆，你犯得着为这件事情抖威风吗？可话到了嘴边却变成了结结巴巴的解释："建设、建设一直睡楼上，你可以问一下的。"

建设一只手稳住锅柄，一只手翻动着锅铲，大刀阔斧地炒着菜。秋囡无措地扭过头，像一个溺水的人，求救般地哀求了一声："建设——"

建设没有转身，僵硬地应道："干吗！"

干吗？秋囡的眼泪不争气地冒出来，她哽咽着："你说干吗！我出去时和你打过招呼没有？你妈这样讲，你就不能给个话吗？"

啪——锅铲重重地被摔在了地上。建设的情绪突然爆发，他瞪起眼睛，冲着秋囡喊："你他妈的发什么神经！给我滚出去！滚出去——"

叠加的两个"滚"字像呼啸的雪球,砸得秋囡晕头转向。来不及回神,她的手已经不由自主地揪住建设的衣服,右腿更是摆脱了大脑的控制,准确地踢向建设。

婆婆从大灶后慌慌张张地跳出来,指着秋囡,急切地喊:"你怎么这么不讲理?你怎么能打建设?"

建设钳着秋囡的手,厉声呵斥:"我警告你!再这样不讲道理,当心我掌你的嘴!"

秋囡挣扎着反击,泪水滂沱:"是我不讲道理,还是你们不讲道理!"

他们两个人乱七八糟地扭在一起,手绞着手,腿抵着腿,言语覆盖着言语,像一个正在完成某种神秘仪式的怪异的连体人。

"妈妈,妈妈!"吉吉被混乱的场面吓得哇哇大哭,就近抄起灶边的笤帚,毫不犹豫地打向建设。

大人嚷嚷,小孩号啕。公公恰巧从外面进来,裤子上挂着几道新鲜的黄泥印子。顽固性的耳聋是一道天然屏障,使得他对这屋里的激烈一无所知。他看看撕扯在一起的秋囡和建设,叹了口气,说:"你们就不怕外面的人笑话吗?"

老房子的后门打开，是车来人往的弄堂。

秋囡奋力甩掉建设的手，擦擦眼泪，抱起还在专心攻击建设的吉吉，跑到院子里。

正午的阳光闪闪发亮，热气逼人，像是打算在这个凝固着的院子里翻晒一些什么。灰蒙蒙的老房子披着斑斑驳驳的墙皮，风越过低矮的围墙，摇动着墙角的茶花树。一口笨拙的老井，井沿上泛滥着厚腻的青苔。二楼的阳台浅浅的，靠西边的房间，门上的油漆红不红，黄不黄。在那扇颜色暧昧的门后面，是这个被称为"家"的空间，向秋囡裂开的唯一一道缝隙。其他的缝隙，哪怕她低头哈腰，忍着锥心的痛，把自己锻打得没了形状，还是钻不进去。

秋囡的鼻子一酸，泪水无声地滑下。

吉吉红着眼眶，大概想哭，但扁了扁嘴，又忍住了，睫毛抖动，扑闪着幼童才有的羞涩和卑微。他乖巧地伸出短短的手指，认认真真地帮妈妈擦拭着眼泪。

他还小，尚不懂得眼泪的含义。他绝对想不到，此后漫长荒凉的人间日月里，这些亮晶晶的、滚烫的眼泪，终将占据妈妈命运的绝大部分。

无相

穷乡僻壤，老老少少的脖子伸得像大白鹅，一年到头也只能等到放映队的两场电影。于是乎，讲古、论今，东家长、西家短，南边谁家的猪掉进了沟，北边谁家的草垛子着了火……就成了村里人茶余饭后的主要消遣。

景芳幼时，对她指指戳戳的人不少。有人说她命狠，有人说她命苦。景芳起初不明白这些话的意思，等她真正听懂了，后背早变成了一块结实的楸树砧板，经得起各种各样的目光在上面斩来剁去了。

奶奶告诉景芳："你是你妈妈的命换来的。"

景芳落地，妈妈大出血。接生婆束手无策。景芳爸爸央求左右邻居用一扇门板把陷入昏迷的妻子抬到几里外的拖拉机师傅家,拖拉机再"咔啦咔啦"地开到三四十里外的镇医院,还没到人已经不行了。

买不起奶粉,奶奶用粥汤泡奶糕喂养襁褓中的景芳。九个月后,景芳的牙床上冒出了两颗嫩嫩的小兔牙。爸爸看着她捏着一块软乎乎的熟番薯笨拙地往嘴里塞,糊得满鼻子满脸,长长地舒了一口气。

下雨天,爷爷去小溪里放套鱼的网,鲫鱼、泥鳅、黄鳝、昂刺……什么样的鱼都带回家,鱼鳞不刮,掐去头尾肚肠,洗净,在瓦罐里煨出浓香的汤给她煮菜粥,吃得她白白胖胖。

景芳的小脑袋里没有妈妈的概念。妈妈和贴在堂屋墙壁上的那些画片的区别只是颜色,画片花花绿绿,黑白的妈妈隔着一张薄薄的玻璃,静静地与她对视。

景芳七岁那年,爸爸在工地做配料的小工,操着铁锹往搅拌机里添水泥、黄沙、石子。天气太热了,他解开衬衣扣子,敞开的衣襟不慎钩在了搅拌机的口子上。包工头别着脑袋跟人讲话,顺手合下了电闸,景芳爸爸的半个身子被拖进了搅拌机。等在场的人听到他的惨叫声,一切都晚了。

一夜之间,爷爷奶奶白了头。景芳的爸爸是独子。

景芳十岁那年的深秋,跟着爷爷去山上打柴,她一脚踩空,骨碌碌地从坡上滚了下去。半坡上的竹子刚砍下不久,杵在地面上的竹根斜切面如同锋利的尖刀,直直戳进了景芳的右腮帮子。尽管爷爷请赤脚医生来帮她敷了好几次草药,但创面太大、太深了。滴水成冰的冬天,受伤的脸恢复得很慢很慢。景芳不能吃东西,不能开口讲话,哪怕最轻微的抖动,也会产生撕裂般的疼痛。她每天坐着或倚着床栏,肚子实在饿得慌,奶奶端来一碗米汤,小勺小勺地喂她,让米汤先润润干裂的嘴唇,再慢慢渗进喉咙。

好不容易熬到第二年春暖花开,脸上包着的纱布甫一取下,奶奶猛地捂住了嘴,眼里滚出大滴的眼泪。

景芳本来长相秀丽,摔了这一跤,彻底毁容了:草药敷过的皮肤青中发黄,紫黑色的伤疤纠结重叠,像是数条粗细不一的毒虫,聚集成一个齐齐向中心位置发力的丑陋漩涡,漩涡四周的波纹杂乱无章,生生将景芳右边的半张脸都扯变了形。

小学毕业,景芳说什么也不去镇上念初中了。她开始跟着爷爷学扎扫帚。他们村有不少人家扎扫帚,这个活儿不难学,练的是手上功夫,有耐心就行。爷爷去山上把毛竹细枝削下来,一小捆一小捆地扎齐,晒干;搓掉叶子,在扫帚柄的一端开个小孔,插进一根用火烤得翘起的竹销。五小捆细枝拢一把扫帚。拢住细枝的青篾条有讲究,必须是上半年六月后砍下来的竹子劈成的。扎好的扫帚堆在小屋里,山下的商贩定期开着农用车进村来收购。

竹枝毛糙,竹柄、竹销有硬刺。长期扎扫帚,景芳的手心磨出了老茧,指尖布满了大大小小的裂口。人尚小小年纪,手率先一步沧桑了,手掌宽大,像一块粗糙的、布满纹路的木头。

奶奶心疼景芳,把爷爷赶集时买的一瓶凡士林护手霜放在景芳床头。景芳一次没涂抹过。脸都无可救药了,手还犯得着在乎吗?她的脸坏了后,奶奶不声不响地藏起了镜子。

家里吃的水,是从后山的溪坑中挑来的。爸爸在世时,每天清晨挑满一缸水是他的任务。爸爸没有了,爷爷挑。爷爷有肺气肿,秋冬两季,发作严重,挑一担水,喘得呼哧呼哧,上气不接下气。景芳个子拔节了,她不忍爷爷硬扛,接过了爷爷肩上的扁担。水面清澈平滑，宛如明镜。偶尔，眼角的余光不慎扫过水下那张虚虚实实的残脸，她都能清晰地听到自己心里稀里哗啦的脆响。

十八周岁后，村委会的阿年伯伯来通知她去镇上的派出所办身份证，她下意识地摇头："我不去。"

阿年伯伯说，这事儿旁人可代办不了，得本人到场拍照。

景芳像触了电似的："还要拍照！"

去办身份证是爷爷陪着的。景芳用一条围巾把自己的脸包得只剩下两只眼睛露在外面。她拉着爷爷坐在公交车最后一排靠窗户的座位上，一路上，头低低地垂着，如同一个诚惶诚恐、忏悔的罪人。

到了镇上，她的头直发晕。那么多的人，那么多的车子。她不敢停步，一个劲儿地催爷爷快走。当派出所负责拍照的年轻男民警示意她解下围巾时，她情不自禁地打了个哆嗦。她忘记自己是怎么走出派出所大门的，她记得的，只有那个年轻男民警瞠目结舌的表情。她明白自己的模样扎眼，可自己的明白和被陌生人当异类看待，又不是一回事。

景芳说什么也不出村了。长期封闭在村庄这座"小岛"

上，她像鲁滨孙一样，不愿和外界打交道，一门心思地缩在自己的一方小天地里，种地、砍柴、做家务、扎扫帚、去山上放羊。忙碌和操心总算将她枯燥贫瘠的生活填满了。

羊是她要求爷爷买回来的，起初是一公一母两只小山羊，山羊长大了，母羊一年生两胎小羊，一胎两只。去大留小，公羊结扎了，养得壮壮的，年下出售；母羊留下生崽儿。母羊生小羊的几个小时，景芳全程陪同，看它时卧时立，焦灼不安，听它叫得声嘶力竭，凄凄惨惨。她的心酸酸的。

有一年冬季，一只小羊滑出了母体，母羊舔来舔去，它都软趴趴的不动弹。景芳赶紧帮着母羊抠掉了它口鼻中的黏液，把它抱到火盆边上取暖。小羊活了，别别扭扭地挣扎着站了起来，但怎么也站不稳。爷爷左看右看，发现了问题：小羊羔的脊柱是弯曲的。他抓着那只纯白的小母羊，打算跨出羊圈去扔掉。

爷爷说，残疾的小母羊留着没用，弯曲的脊柱会随着它的长大越来越厉害。喂大了，不一定能下崽，体型不好，羊贩子也瞧不上。

外面寒风凛冽，小母羊在外面冻不了几分钟，必死无疑。

小母羊完全意识不到大祸临头，兀自在爷爷手里娇声娇气地哼唧：咩——咩——咩——

景芳心一软，央求爷爷："不要扔，我养它。"

那只小母羊相当于人类中的驼背孩子，成长受限。养了两三年，块头还不如当年别的小羊。可景芳对它格外照顾，它走路不快，景芳就抱着它，给它吃最嫩的草，捧干净的溪水让它舔，帮它梳毛、捉虱子。个别调皮的小羊拿角来顶它，她护着它，不叫它受欺负。残疾注定了它的一生比其他的羊糟糕。她见不得它再多受额外的委屈。

羊群散开找草。景芳坐在石头上晒太阳。残疾小母羊温驯地贴着她的腿，眼睛温柔而专注地盯着她，仿佛她是这世上最好看的人。鸟儿在不远处的林子里啾啾，四下看不到一个人影，她摩挲着小母羊的下巴，问："那些小羊也会笑话你是丑八怪吗？"

村里与她同龄的女孩有的外出读书，有的外出打工，然后在工作的地方找了对象。逢年过节，一家三口，喜气洋洋地回娘家探亲。景芳二十六岁了，终身大事还没影子。她有自知之明。奇迹在远方，不会属于她。她不觉得现状有什么不妥，日出而作、日落而歇，吃得饱、穿得暖，爷爷奶奶处处维护着她。一辈子就这样安安静静，貌似也过得去。可爷爷奶奶愁得慌，他们日渐年迈，身体每况愈下，终有一日要离开这个世界，剩下孙女孤零零一个人，无依无靠，怎么行？所以，当收扫帚的商贩上门来给景芳保媒时，老两口忙不迭地应承了下来。

商贩直奔主题："后生的父亲不在了，姐姐嫁在隔壁镇上，有个老母亲。家里条件一般。"

爷爷抽着烟袋，话从袅袅的烟雾里穿了出来："条件好的，我们阿芳也攀不上。"

商贩说："后生比你家孙女大了八岁。"

爷爷在膝盖上不紧不慢地磕着烟灰："丈夫年龄大点儿好，晓得疼人。"

商贩说："后生中专毕业，在邮电局里上班，是编外合同工。"

爷爷连连点头："学历不低，不低。"

商贩说："后生以前结过一次婚。"

这次，爷爷和奶奶交换了一下眼神，费力地挤出一句话:"有孩子吗?"

"没有,没有。"商贩摆摆手,"他们很快就离了。"

事情差不多说成了一半。爷爷起身送商贩出门,奶奶拎出床底下的一小篮鸡蛋,殷勤地追了上去,往人家手里塞。

天色像炒菜的酱油一样暗了下来。景芳悲哀极了,她多像一棵难以出手的大白菜啊,随便来个离过婚的男人,都可以把她带走!

爷爷坐在大灶边嚓嚓地搓着扫帚枝。奶奶撩起围裙角擦擦眼角,满是皱纹的脸已装不下任何表情:"阿芳唉,你年纪不小了,不要怪爷爷奶奶给你做主哇。"

景芳呜呜地哭出了声:"奶奶,你们是为我好,我懂,我懂。"

过了一个礼拜,男人搭商贩的农用车,两手提了些礼品来了景芳家一趟。

男人姓周,叫正明。个子高高的,又瘦,往那儿一站,像一根使用了多年的晾衣竿。长脸,五官端正,皮肤白皙,就是额头上的抬头纹深了点儿,显得老相。别的,比景芳预想的,好很多。

爷爷奶奶像迎接贵客似的客气，屋前屋后的邻居借着串门的由头过来看景芳的"对象"，都说"不错，不错"。

午饭过后，周正明跟景芳一道赶羊群外出。天空蓝莹莹的，阳光很好，两个人深一脚浅一脚地踩在田埂上。周正明闪闪烁烁的眼神，像扑棱着翅膀的麻雀，久久不敢落在景芳的脸上。景芳是坦然的，她说："介绍人不会没和你讲过我的样子。你看不看，都这样。有什么话，你尽管说。"

周正明清了清嗓子，开口了："我原先结过婚。"

景芳点点头："我知道。"

周正明弯下腰，扯了一把野草，在手心揉着，再一点点地撕碎："前一天办酒席，入洞房。隔天早上，天还没亮，新娘就哭哭啼啼地回了隔壁镇上的娘家。"

景芳不吭声，支棱着耳朵听他继续往下说。

"她家请媒人退回了一半的彩礼，我们马上去办了离婚手续。这件事传得尽人皆知，唾沫星子把我淹了个半死。我妈大病了一场，躺在床上几个月没爬起来。"

男人的语气怪怪的，不太明显的笑意，像是长年累月镌刻在脸上的忧戚："我呢，在单位至今无法抬头。"

他的话到此为止,犹如一片寂静的荒郊野岭,什么也不必追问,草木皆是答案。

景芳的心反而定了下来。也是,男人家在镇上,学历不低,有稳定工作。要不是有难以启齿的原因,凭什么找她这么个无父无母、身无长物、重度破相的山区村姑呢?新婚妻子的决绝离去,他解释或不解释,都是遮不住的马脚。唯一的办法就是用再婚堵住悠悠之口。

在乡下,一个人的"名声"始终是排在第一位的。这或许会压在一个人的身上,很久很久。岁月有时候不但不会将痛苦冲淡,还会在漫长的光阴里把瘀伤高高堆积。她和周正明是同一类人,山穷水尽,一个被外表的缺陷蹂躏,一个被内心的秘密鞭挞。他们的轨迹都是由命运决定的。

周家催得急,恨不得当年就完婚。订婚的程序省略了,爷爷奶奶什么要求都没提,周正明的妈封了个六千六百块的红包,给景芳送了四套新衣服,另外还有一只韭菜边的金戒指、一对飘着坠儿的金耳环。

腊月二十八早上,周正明雇了一辆面包车上山来接亲,西装革履,风度翩翩。景芳穿戴一新。本地的风俗,新娘子的脚底不能带走娘家的尘土。姑姑家的表兄把景芳背上了面包车。车子快要开动时，景芳想起了什么似的，摇下车窗喊奶奶过来。她凑近奶奶耳边，小声叮嘱："那只驼背小母羊，别让我爷爷卖掉。我以后回家来，还想看看它。"

奶奶不住地点头，眼泪一滴一滴地，掉落下来。

司机打着了火，小面包车掉过头，慢慢地朝村外开去。

哑巴姑娘

琴是五里牌村杨光明的女儿。

杨光明老娘的肚皮高产,在当年那种吃不饱喝不足的窘况下,还咔嚓咔嚓一气连生了八个儿子。

杨光明是老大。

穷苦人家的老大可不是那么好当的!有一口好食儿,也得咽着口水省下来给饿得两眼冒绿光的弟弟们先吃。多重的活儿都不能往后退,不然的话,不仅爹娘那一关过不了,弟弟们也不拿他这个大哥当根葱。身为长兄,杨光明最占便宜的是他的名字,好歹是他爹认真地翻看了几页《毛主席语录》,拍着巴掌给他念出来的。在他之后的弟弟们就随意了,以杨光明为标杆,跟葫芦娃似的按顺序排了下去:二明、三明……一直到七明。

儿子是树，树上没有窝，鸟儿当然不会光临。杨光明的爹娘披星戴月，汗珠摔成了八瓣，忙了一场又一场，腰也弯了，背也驼了，好歹把他家的那一长串"明"们的婚事给办妥了。刚刚出了口长气，猛一回头，才发现额头上已经浮起淡淡核桃纹的杨光明还是形单影只的一个人。

奔四的杨光明个子矮矮的，脸皮子黑黢黢的，沉默寡言的性格加上三间东倒西歪的泥墙屋，除非姑娘的眼睛生在胳肢窝里面，否则谁愿意嫁给这么个不出挑的老光棍呢？

杨光明最终娶的是十八大队卢姓人家的一个哑巴姑娘。

哑巴比杨光明小了十一岁，脾气倒是一点儿也不小。哑巴长相平平，在娘家时就以嗓门大、性子急出名。她总和杨光明吵架，两天一小吵，三天一大吵。一张四方大脸涨成紫皮桃子，脖子两侧的大筋绷得像粗钢丝绳，一只手叉腰，一只手指天画地，两只脚连蹦带跳，能把干燥的地面跺得尘土飞扬。虽然她的心里可能奔涌着千言万语，然而，随着唾沫星子翻来覆去的也不过是单调的"阿巴——阿巴——阿巴巴——"。

夫妻吵架在村子里是常事，左邻右舍支棱着耳朵偷偷听着呢,找个合适的时机跑过来好言调解一番,一般也吵不成气候。杨光明夫妻吵架,连个拉劝的人都没有。怎么劝?"阿巴——阿巴——阿巴巴"是什么意思?十哑九聋,哑巴口不能言,耳不能听,从哪一头开始劝?不要说外人不懂哑巴的"语言",就是杨光明自己都说不清哑巴隔三岔五的暴跳如雷究竟是为哪一桩。

既然是难解之谜,杨光明索性两只手交叉搭在小腹上,苦笑着让哑巴的口水喷个沸沸扬扬。哑巴喊累了,"战争"自然就结束了。

哑巴三年开怀,生下了琴。琴皮肤油亮亮的,脸盘子和杨光明有七分相似。杨光明起初很高兴,慢慢地,问题来了——琴看上去和正常小孩没区别,却迟迟不开口,即便是发声了,也不过是短促的"咿——咿"声。

杨光明抱着琴去公社医院里检查了一遍——哑巴!

杨光明额头上的核桃纹一夜之间变深了,以前家里只有一个哑巴,现在又多了一个。

好在琴哑归哑,心性儿倒不随她的哑巴娘。她乖巧可爱,大人们一逗,她就无声地笑了。一笑,两只眼睛如同弯弯的月牙儿。

琴很小就会干家务了，洗衣服、做饭、放羊、打猪草——挎着和她人差不多大的竹篮，一个人蹲在绿油油的庄稼地里，半天不见起身。

她总是一个人。

村里同龄的孩子那么多，除了一个叫春燕的女孩愿意把她当朋友，别的都不愿意和她一起玩。

都说儿童的世界天真无邪，其实，小孩子的势利与残忍一点儿也不输于成年人的刀光剑影。

有一个能说话的妈妈和有一个哑巴妈妈，一样吗？

能说话的和不能说话的，一样吗？

有学可上的和没办法上学的，一样吗？

琴最盼望的是星期天和寒暑假。这些日子，春燕不用上学，她们俩就可以做伴了。春燕是独生女，一家人很迁就她，也不在意琴是哑巴，由着她把琴带到家里捉迷藏、跳猴皮筋，有时两个人还钻进厨房摊饼子吃。琴烧火，风箱拉得一仰一合。春燕上灶。饼子讲究火候，左边火要大点儿或者右边火要压得小点儿，春燕给琴打着手势，琴一看就能领会。

春燕爱看各种各样的小人书，书中描写的一些上了年纪的老人处境凄惨，使得多愁善感的春燕难过得掉下眼泪。有一次，春燕莫名其妙地想起村子东头住着一位无儿无女的孤寡老太太，于是决定和琴一块儿去探望她。

滴水成冰的冬天，两个八九岁的小姑娘手拉着手出了门，一路小跑。春燕的口袋里藏着几个刚从鸡窝里摸出来的鸡蛋，西北风呼啦啦地吹着尖厉的口哨。

春燕看看琴，笑了。

琴看看春燕，也笑了。

琴的妈妈又生了第二个女儿，叫娟。娟一落地就被琴的外婆抱回家养了。因为有个游方郎中说过，琴是吃了妈妈的"哑奶"，婴儿时期天天和哑巴妈妈在一起才会变成哑巴的。郎中的话似乎也有几分道理，被外婆一手带大且没有吃过一口妈妈奶水的娟确实不哑。可惜的是，她左边的一条腿天生是瘸的。

哑巴的琴和瘸腿的娟，杨光明明显地偏向二女儿。他跟在泥水匠后面做小工，四里八乡的人都晓得他的妻小不是哑巴，就是瘸子。歇工时，大家伙儿坐成一堆聊天，讲到这个话头上，杨光明捧着水烟袋吧嗒吧嗒地抽了一通，从烟雾腾腾的嘴里冒出一句话："要不是有了娟，我保不齐也要跟着那母女俩变成哑巴了！"

娟从外婆家回来了，挎着杨光明新买的花书包一颠一颠地去学校。

乡里的妇女主任来做杨光明的思想工作，说琴快长成大姑娘了，让他把琴送去县里的聋哑学校读书。杨光明的头摇得像拨浪鼓："一个哑巴还需要上学？她读了书顶啥用？"

妇女主任说："哑巴怎么就不能读书？她虽然说不了话，但读了书，识了字，她以后就不是个睁眼瞎了，就不会像你老婆一样，'阿巴阿巴'地吵架了。"

杨光明还是不配合："我挣的这点儿钱单单供娟还吃力嘞！"

"都是你生的，你不要偏心嘛！"

"一个每天会围着我转，亲亲热热地叫我几十声'爸爸'；一个一辈子也叫不了我一声'爸爸'。你说我能不偏心吗？"

"她们还不都是你的娃吗？"

杨光明百般推诿，妇女主任口干舌燥。

琴拎着满满一篮子猪草从田里回来了，脚上糊满了泥巴。她拧着衣角站在墙角，眼巴巴地瞅着妇女主任。妇女主任心一软，和杨光明说定了：琴的学费一学期八十元，乡里救济一半，另外的四十元由杨光明自己负责。

杨光明还在嘟嘟囔囔："琴上学去了，家里的活儿谁来干嘞？"

妇女主任大喝一声："杨光明，你不让女儿接受正当的教育是犯法，我现在就可以去派出所告你！"

琴理了清清爽爽的学生头，穿着赶制出来的新衣新鞋，来"告诉"春燕自己要去聋哑学校上学的事情。她笑得很美，牙齿洁白整齐。不知道内情的人，绝对想不到这个笑靥如花的女孩是个哑巴。

勉勉强强读了三年的书，杨光明说什么也不同意琴再去上学了。县里的专家医生诊断过了娟的瘸腿，如果及早动手术矫正，娟大概率能像正常人那样行走。

手术费不是一个小数目，凭杨光明的一己之力要等到哪年哪月呢？琴不得不办了退学手续，通过杨光明弟媳妇的一个远房亲戚介绍，去了城里的一户人家做小保姆。

十七岁的琴在纸上写字，告诉春燕，她不怨爸爸。妹妹还小，腿治好了，往后的日子就不会那么艰难了。

娟的腿果然治好了，走起路来宛如林中的小鹿，步伐均匀又轻盈。

令所有人都想不到的是，琴也能开声了。

琴心灵手巧，干活儿细致，还不生是非，深得雇主器重。她做保姆的那户人家的女主人是中医院的针灸医生，在详细地询问了琴的家庭情况后，并不相信"哑奶"一说，坚持把琴带到医院去做了全身检查。琴的口腔和喉部先后做了小手术，针灸医生又不厌其烦地帮琴针灸了半年。奇迹出现了，原以为要哑一生的琴居然渐渐地能说话了。

针灸医生怜惜乖巧的琴，不舍得她继续做保姆，送她到裁缝铺子里去当了学徒。两年期满，琴在县城里开了一间服装加工店，她手艺精湛，待人彬彬有礼，生意极为忙碌，赚的钱不但给杨光明老两口子翻盖了三间红砖瓦房，还把读中专的娟一直供到毕业。

琴的样貌好，身材苗条，许是少时那一段与众不同的经历，她的气质要比寻常的女孩子更显得淡雅娴静。一些来店里做衣服的热心女顾客争着帮她做媒，她都婉言拒绝了。

琴不顾杨光明的反对，执意嫁给她聋哑学校的同班同学，一个开朗阳光的哑巴男孩。琴把所有的语言都留在家外，一旦回到只有两个人的小家中，她的嘴里从不会吐露一个字。她与丈夫之间共有的，只是舞蹈一样优美的手势，只是脉脉对视的眼神和彼此心照不宣的一笑。

琴最要好的朋友还是春燕。很多人都不了解琴，认定她是自卑，放不下曾经又聋又哑的封闭感，才不敢轻易融入普通人的世界。只有春燕不这样想，她依旧记得小时候的那个冬天，她和琴手挽着手飞快地奔跑着，风刀猛烈地割着她们的小脸蛋，冷极了。她们不能达成言语的互动，她们的心却是暖洋洋的。

当心与心贴近后，言语其实是多余的。友情如此，爱情亦是如此。晚饭过后，琴常常和丈夫一起去护城河边上散步。路灯散发出橙色的柔光，他们肩并着肩，手拉着手，慢慢地向前走着。

头顶的月亮很大，很圆，四下静悄悄的。

就这样，也很美。

菠萝头

菜市场出售瓜果蔬菜的有两个区，一个是大棚区，一个是自产自销区。

大棚区每个摊位的价格根据排序的先后和面积的大小决定，通常在一万元到十万元不等。在大棚区占一席之位的，都是些舍得下本钱，也挨得起苦的生意人。相比之下，自产自销区的租赁费简直是毛毛雨。人流量较大的头等位置，一年两千元左右；冷清的角落处，低至三四百元。

在自产自销区摆摊的人大致有三种：第一种是灵活型的小贩，他们每天赶早从大棚区批发时新的瓜果蔬菜，拆零出售，从中赚取差价；第二种是小镇周边村庄的农民，农民们以种菜为业，他们家地里长出了什么，摊子上摆着的便是什么；第三种只是少数几个自由派，他们虽长期出没在自产自销区，但从不出一毛钱的摊位费。他们会和负责检查菜市场的管理员打游击，也不在乎其他卖菜人厌烦的眼神，尽力挤向好市口。他们兜售的东西颇为清新特别，统统是来自田野里、山脚下的纯正应季野物：马兰头、艾青、小蒜、野茼蒿、水芹菜、溪坑螺蛳和黄蚬、毛栗子、荠菜、平地木（补血的药材）等。在这有限的自由派中，唯独一个叫宝镜的妇人常年单卖一样——笋。

丘陵地带，毛竹林漫山遍野，笋四时不缺。从冬春的毛笋，到夏秋的鞭笋，宝镜在向买主推销时，总不忘申明笋是从她家竹山里掏来的。她不说还好，说了，一旁的菜农们莫不漾起意味深长的笑意。

宝镜家的确有集体分配到户的毛竹山，可像她这样不歇气地掏，自家山里笋的产量绝对不够，她的笋十有八九是偷偷摸摸从别处掏来的。天底下的笋都长得一个样儿，没办法刻字做记号。竹山路远偏僻，无法时刻监管，也有些人家因劳力缺乏而自动放弃了。这些山林等同于荒山，有时间、有力气的人，都可以去掏。

宝镜不上班，不务农，有一身的蛮力。她的力气一方面来自长期掏笋的锻炼，一方面借助了"酒力"的增援。宝镜早餐点上爱喝两口，谓之"喝早酒"。菜市场旁边有两家小吃铺，供应面条、水饺、蛋炒饭和酒（黄酒、白酒、啤酒）。倘是有食客自己预备了小菜拎进去，付几块油盐钱，小吃铺子也乐意来料加工。

宝镜的酒量好，黄酒、白酒、啤酒，都喝得有滋有味。下酒菜不考究，是熟食摊上赊来的，有时二两香酥豆，有时一碗油焖笋，有时一小坨牛头肉。

熟食摊的老板娘当面不讲废话。宝镜守信，不赖账，今天赊的账，两三天就还了。然而，当宝镜的背影飘远了，她还是要念叨几句："这个宝镜真奇怪，一年到头在卖笋，赚来的钞票呢？"

掏笋和卖笋都是风吹日晒的营生，所以，宝镜的脸一直黑黝黝的。黑脸的女人本身就给人一种不太好接近的感觉，加上宝镜讲话不拐弯，动辄满嘴酒气，自产自销区的一批小贩菜农们，没人愿意和她有什么接触。

在一个嘈杂、热闹、避免不了互动的大环境中，宝镜既不搭理别人，也不被别人在意，像个不沾红尘事的世外高人一般独来独往。

有那么一段时间，宝镜忽然成了焦点人物，走到哪里都有人朝她侧目。不能怪小地方的人见识少，宝镜的装扮委实和她的年龄不搭。四十多岁的人了，冲天辫、波浪卷、双马尾、麻花辫子（辫梢上绑着鲜红的绸带）轮番折腾，几天不重样。衣服呢，今天是超短泡泡袖小西装，明天是立领开衩的旗袍，后天又突然换了一套粉色的蕾丝松塔裙。最出洋相的一次，她头顶盘了一只大大的发髻，露肩的黑色高领弹力衫搭配了一条下摆很大的喇叭裙，脚蹬七八厘米高的水晶贴片凉鞋，骑着一辆后座上绑着鼓鼓囊囊蛇皮袋的"二六"女式自行车拐进了市场小区这边的通道。也许是鞋后跟太高了，也许是大裙摆碍事，她一个没留神，连人带车歪倒在路中央。

要是换成别人摔倒，早有热心群众快步跑过去相帮了，鉴于宝镜之前拒人于千里之外的漠然和现如今不伦不类的装束，大家宁可默默观望，也不轻易伸出援手。

有知情者透露，宝镜的反常是因为受到了刺激。宝镜认定丈夫外面"有人"了，夫妻俩曾经上演过全武行，宝镜愤怂之下离家，一个人住进了半山腰的一座破庙里。但立即有人推翻了这个版本，说宝镜做泥水匠的丈夫五短身材，长相平平无奇，一口东倒西歪的烟熏牙，压根不受女人欢迎，是宝镜脑子"搭牢"，捕风捉影，泼丈夫的脏水。

宝镜的丈夫出轨与否，不好下结论。反正他来菜市场，打宝镜身旁走过，大步流星，目不斜视。

丈夫冷若冰霜，宝镜横眉冷对，就这老死不相往来的架势，夫妻俩的关系远不如路人。他们有个二十岁出头的女儿，职高毕业，长相不随宝镜，在市区的超市上班，不常返家。她和宝镜讲话的腔调，娇嗔中掺杂着几分不依不饶，人前素来犟头犟脑的宝镜却服服帖帖，照单全收。

礼拜日，女儿回来了一趟，宝镜花里胡哨的"时装秀"戛然而止，一夜之间恢复了旧貌。她掏笋、卖笋，早酒喝得满脸通红，小日子四平八稳，以至于意外从天而降的瞬间，大家都惊呆了。

宝镜猝然栽倒是在一个平平常常的早晨，没有任何预兆，正单手叉腰的她一头扑向了自产自销区里一地的笋壳菜叶中，人事不省。危急之际，菜市场管理员拨打了120，"鸣哇呜哇"的救护车把昏迷的宝镜拉走了。宝镜这一走，差不多半年。待她重现菜市场，已面目全非。高血压导致的脑血管破裂让她口齿不清，半身不遂。她用能动的右半边身子开着电瓶三轮车来菜市场，三轮车的车厢里有一辆破破烂烂的婴儿推车和一堆乱七八糟的蔬菜。她艰难地从三轮车上挪下来，又费力地拽下婴儿推车，推一把，走一步——行走不便的她把婴儿推车当成了辅助行走的工具。

在场的人面面相觑，无一不对宝镜刮目相看。一个离开了辅助工具就寸步难移的中风病人，没有躺在床上或坐在轮椅上淌着哩哩啦啦的涎水等死，还跑到菜市场来谋生，在这个有着三四万人口的小镇上，除了宝镜，找不出第二例。

上山掏笋是不现实了，宝镜改行卖菜——卖自己种的菜。

宝镜家有一块自留地在清水村外。那块地和清水村只隔着一条窄窄的小溪，她在不在地里干活儿，清水村的村民站在家门口瞟一眼就知道。宝镜不再是那个孔武有力的宝镜了，她无法单手挥动锄头铁耙了，只能选用短短的迷你型锄头；干活儿像在练杂技，失去知觉的半边身子侧着，做得了主的半边身子蹲着,一下一下地松土,气喘吁吁,缓慢向前。正常人轻轻松松便能搞定的活儿,她需要好几天。

自留地的面积不大,是不规则的多边形,与村路相邻的一边长着几棵樱花树。自留地里七七八八地种了不少蔬菜,名目繁杂得不像常规的菜地,倒像是试验田。常见的本地蔬菜之外,宝镜居然种了五六棵菠萝。准确地说,是菠萝头。

菠萝头翠绿娇嫩,鲜活地坐在泥巴里,挺像回事。

菠萝是热带水果,性喜温热,想在季风显著、四季分明的浙东山区把菜根大小的菠萝头种出名堂来,纯粹是异想天开。清水村的村民左左右右地打量着菠萝头,好奇地问宝镜:"这东西是从哪里弄来的?"

病过了一场,宝镜的粗喉咙变细了,她轻声轻气地说:"水果店外捡来的。"

"捡这个作甚?"

"种着玩玩嘛。"

"玩玩——这有什么玩头?"

宝镜笑笑,嘴巴不自觉地歪向一边,她支支吾吾地憋出一句:"好看呗。"

村里人不以为然地摇摇头，走开了。

春天是樱花盛放的季节，樱花树可着劲儿地绽开一串串绒球似的花骨朵儿，粉嘟嘟的，不管是远观还是走近欣赏，都好看得很。但宝镜不喜欢，甚至是很讨厌。她拉着路过的村民诉苦，说樱花树不是她家的。这片地老早由村里出面统一承包给了半山的花木老板，丈夫单方面领取了承包款，她并不知情。花木老板拉来了几大卡车的黄土，几分钟就填平了地，三步一岗五步一哨地栽下了樱花树苗。有白纸黑字签下的合同在，退了就要赔付双倍违约金，没拿到一分钱的宝镜很不甘心，她去村主任的办公室理论了几次，不了了之。好不容易熬到了合同期满，整片的樱花树总算挖得差不多了，可靠近村路一侧的十来棵不知为何留了下来。它们一年年地茁壮成长，有胳膊那么粗，像人一样肩并着肩，站成了一道密集的遮阳屏障。

与宝镜家毗邻的两块地里种植的全是七八年树龄的樱桃树，高大的、枝叶婆娑的樱桃树无意间围出桶状的一个圈，又毫不客气地截走了另外几个方向的大部分阳光。

万物生长靠太阳。四面不透光的地能有什么好收成呢？

土豆开花前还是正常的，熬过了花期，土豆秆子一天天地萎黄下去。宝镜只能眼睁睁地看着它们像痨病患者那样吊着一口只出不进的气苟延残喘。再怎么长，扒出来的土豆也就手指头那么大。玉米秆子的个儿参差不齐，高的高，矮的矮，倒也憋足劲儿开了花，倒也像模像样地结了苞，可那苞总不见饱满起来。宝镜熊瞎子掰玉米似的，掰一个扔一个，玉米粒稀稀拉拉的，还不如八十岁老太太嘴里剩下的那几颗牙。卷心菜就更差了！别人家地里的卷心菜是结结实实的拳头型，宝镜种的卷心菜野心勃勃地怒放着，开得比大丽花还要妖娆松散。还有番茄之类的，同样阴阳怪气。

但凡有点儿常识的人，早就丢下这块地，由着它长野草了。可宝镜有什么办法呢？没了这块地，她更是两手空空。她只有死磕到底，不管天晴落雨，一趟不落。

夏季天旱，她种了些小青菜，月亮圆圆地挂在天上了，她还得用小号塑料喷壶从浅浅的渠沟里灌了水，一遍遍地浇地，累出一头一脸的汗珠，整个人比小青菜还湿淋淋。

清水村的女人们摇着蒲扇站在小溪的这边乘凉，久久地望着稻草人似的宝镜在樱花树下颠进又颠出。宝镜的丈夫有时去清水村后的竹山上干活儿,但一次也不走近自留地。宝镜的女儿倒是在自留地出现过,也就有限的几次。女儿嫁在外地,她返回小镇短暂地逗留几日,很快又走了。日日一步不离地陪着宝镜的,是一只白底黑花的土狗。狗不大,脖子里拴着一根脏兮兮的布绳子。它大概明白自己的主人是个手无缚鸡之力的残疾人,耷拉着耳朵,走路夹着尾巴,蹑手蹑脚。上午,宝镜去菜市场,它忠心耿耿地守着菜摊;下午,宝镜在地里干活儿,它乖巧地趴在樱花树下,不动,不叫。宝镜准备回家了,喊一声,它立即跳上电瓶三轮车,紧紧依偎着主人的小腿。

一个浑身散发着异味的女人,一只畏畏缩缩的土狗,相伴着,一次次往返在菜市场与自留地之间。不知不觉,几年过去了。一个阳光明媚的下午,清水村的村民忽然听到了宝镜声嘶力竭的呼喊,两个热心的女人赶忙去一探究竟。自留地里并没有其他人,宝镜涕泪交加地拎着锃亮的小锄头,东张西望,急切地寻找着什么。

"宝镜,你怎么了?"

"我的菠萝树呢?谁把我的菠萝树挖走了!"

"什么菠萝树？"

"我的菠萝树，我种了好几年的菠萝树啊！这么高，这么粗，可漂亮了，怎么不见了呢！"宝镜瞪大眼睛，语无伦次，反复比画着，"我辛辛苦苦种大的菠萝树啊！被坏良心的偷走了。没有了，我该怎么办啊！"

清水村的两个女人一头雾水，哪有什么菠萝树呢？

尽管宝镜连续不断地从水果店门外捡来人家扔掉的菠萝头种着，又是浇水，又是施肥，但是天冷后，这种热带水果的蒂子很快就枯黄了，没戏了。她们小心翼翼地试探道："宝镜，你是不是记错了？电视里才有菠萝树，我们这里可没有。"

"有的！有的！我没说谎，我真的种出菠萝树了！

"我女儿说过，只要我把菠萝头培育成菠萝树，我的身体就会恢复了！我就能跑、能跳、能上山了！

"我昨天明明已经种成了，今天怎么就没有了！没有了！

"是谁偷走了我的菠萝树！是谁！是谁！

"我病成这样子了，他们也不理，我总是一个人，一个人，一个人……"

宝镜仰起脖子，向着湛蓝的天空，哇哇地大喊，佝偻的身躯抖动得如同寒风中的一片树叶。

她，疯了。

阿妮和她的狗

在这个两万多人口的山区小镇上,阿妮算一个名人。她之所以能在大众的眼里闪闪发光,主要因为她身上巨大的反差。

阿妮常年以摆摊为生,像老式的货郎一样,将杂七杂八的日用小百货井然有序地塞进一辆简陋的手推车里,围绕着菜市场周边自由活动。谁想买什么东西,招招手或喊一嗓子,她就迅速把花花绿绿的小推车送到了买主的面前。但在安分守己摆摊的同时,阿妮又坚持阅读,漫无边际地记录她在菜市场里的所见所闻。十几年下来,居然集腋成裘,陆续出版了几本散文集。本土的热心记者获悉了她的事迹,非常激动,立刻把阿妮当成优秀典型,连续在日报上发了两天整版头条。网络时代，诸如阿妮这般励志的草根，更是被很多人又景仰又感叹，认为她的故事就是现实版的《月亮与六便士》。很快，阿妮捧着书站在小百货摊边的照片密集地涌现在各大网站上。有长达半年的时间，来自省内外的、背着"长枪短炮"的各式男女摄影师，都恭恭敬敬地称呼阿妮一声"妮妮老师"，追着她拍来拍去。

著书立说，扬名四海，在普通人眼里，是一步登天的无上荣誉，阿妮却没当回事。纵然三大官媒陆续报道了她的专题，还一度占据两个网络热搜，她站在菜市场里，依然是那个诚恳的杂货小贩。过去怎么做人，现在还怎么做人。每每有热心读者大老远开着车来拜访她，她都保持着一个底层老百姓的本色，从不拿腔作调。看阿妮文集的读者和买阿妮小百货的顾客，本是两个截然不同的群体，对她的点评倒空前一致，精简到两个字：人好。

阿妮没有顺势而上去做直播当网红。她不习惯热闹，也很清醒。网络喧嚣繁芜，是非不断，流量就像滔天巨浪，一浪天堂，一浪地狱，有多少人能笑到最后，全身而退？沸沸扬扬地导演一场，把自己搞得面目全非，就再也回不到当初的清澈明净了。

有生意伙伴劝阿妮:"不是谁都有赚快钱的机会,流量转瞬即逝,你可别清高过头了,到时后悔都来不及。上直播平台去收割一波,冲冲业绩,得手个百八十万的,去市区买套房子不香吗?"

阿妮笑笑。她有容身的房子,尽管只是位于村路边的八十来平方米的小平房,她已经很满足了。有人登门拜访,屋前屋后观察一圈,略带惋惜地说:"妮妮老师,你这房子依水而建,光照充足,视野开阔,风景优美,唯一的缺点就是没有院子。"

农村人家,大小都应有个院子。

阿妮大大咧咧地朝宽宽的村路一指:"喏,这可不就是我的院子。退一步讲,即使没有院子,我的小平房怎么着也比扎堆的高层单元房惬意吧?"

人家听阿妮一说,都禁不住点头。

阿妮是单亲妈妈。离婚时儿子还在上小学,听闻爸爸妈妈要离婚,并没有像电视连续剧里演的那样,涕泪交加地乞求爸爸妈妈不要分开,而是迅速表明立场:"我跟妈妈。"阿妮的前夫余胜利尽量缓和语调,给儿子许愿:"你跟爸爸一道好不好?爸爸帮你买电脑、买手机,你要什么,爸爸全买。"

儿子斩钉截铁地摇头:"我不要你的电脑手机。我跟妈妈。"

绝大部分夫妻散伙,要分这个,争那个,闹得面红耳赤,尽人皆知。阿妮离婚,干净利落,没带一点儿响儿。她和余胜利做了十三年的夫妻,没有共同存款。三间小平房是婚后第九年在余胜利家的老宅地基上翻盖起来的,总花费十五万,属夫妻合资。阿妮出了十万,余胜利凑了五万。

阿妮和余胜利是在搬进小平房的第五年离婚的。提出离婚的,是阿妮。夫妻俩坐在家里自行拟了离婚协议。上午,阿妮和余胜利达成共识,房子归余胜利,他返还阿妮盖房子的十万本金,阿妮一星期内带着孩子和随身衣物另觅住处。天黑前,余胜利与父母、姐姐们反复商讨,不出意外地变卦了,声称他拿不出十万块。阿妮晓得余胜利在他的原生家庭那边没有任何话语权,真正做主的人是他的妈妈和两个姐姐,不免为这个比她年长八岁的男人感到悲哀,试探性地说:"孩子跟着我,我总不能捏着你写的欠条,带着他四处租房流浪吧?要不我给你十万,换你搬出去吧。"

余胜利赶紧向母亲和姐姐们汇报新局势,几番权衡,同意阿妮用十万元换取房子的居住权。

阿妮手上一分余钱没有。她二十七岁嫁给余胜利,没要毫厘的彩礼。孩子落了地,娘儿俩的每一分开销都是她摆摊挣的。她四处找人借钱,三天筹了七万五千元转到余胜利的银行户头,又给他出具了张两万五千元的欠条。做完这件事,她打了个电话回外省的娘家:"我离婚手续办好了。"

电话另一头,阿妮的爸爸大发雷霆,"这么大的事情也不和我们商量!房子归谁?孩子呢?你往后打算怎么办?"

阿妮憋着眼泪,倔强地说:"你们不要担心,我四十岁了,会过好自己的日子的。"

不等爸爸的咆哮声再次响起,她毅然决然地挂了电话。

离了婚,阿妮没觉得和婚姻里有什么不同。住的还是原来的房子,干的还是原来的职业,过的还是原来的生活——准确地说,比原来的生活清简安逸多了。每天午睡醒来,她趴在门前的栏杆上晒太阳,专注地望着头顶蓝宝石一样深邃的天空。那一刻,她眼里看到的,全是美好的景象。

村里的邻居获悉了阿妮的婚变,都跑过来劝和。乡下地方,一些思想保守的老人看着身边的小家庭破碎,着急得如同手里的糖被鸡叼走的孩子,绞尽脑汁要撮合一出"破镜重圆"。他们说来说去,大抵同一个意思:为了孩子嘛——夫妻总是原配的好——丈夫在,老了有个伴儿。

谁的劝,阿妮都不听。她鼓足了勇气从寒冷刺骨的烂泥潭里爬上来,哪怕全世界都站在她的对立面,她也绝不重蹈覆辙。别说再和余胜利睡一张床了,哪怕是路上偶然碰头了,她都直接无视。她的心,不是胃,消化不了辛酸的往事。她也没有再次组建新家庭的幻想。人到中年,心上布满了老茧,哪里还提得起兴致去一段新感情里开疆拓土?被盘剥的婚姻如同出天花,一次就足以终身免疫。在坦荡的、滋润的阳光中沐浴过的她,变得更有预见性,更有智慧,也更有定力。

一个女人一生只取一种活法,也是乐事吧。

阿妮蜗居在自己的小世界里,晴天摆摊,雨天看书、写字。她像一棵葳蕤茂密的树,日复一日、年复一年地守着自己的方寸之地。

光阴在她那辆沉甸甸的小推车"咔咔"的响声中,走成了片段疏影。儿子渐渐长大,去了邻镇的一所普高读书,只有周末回来一趟,不过逗留一天,又背着书包返校了。

儿子在家,阿妮买鱼买肉,在厨房里叮叮当当地忙碌半天,娘儿俩吃得嘴巴油光光的。儿子上学去了,她的伙食就凑合了事。一天三顿饭,早餐午餐少不得,无非一把面条、一碗稀粥或一盘子蛋炒饭,怎么方便怎么来。晚餐几乎忽略不计,有时一只苹果,有时几块饼干,有时泡一小袋麦片,有时什么也不吃,咕咚咕咚喝一气白开水。傍晚时分,邻居老太太们结伴去村外的路上溜达,看到她蓬着头,端着一只搪瓷杯倚在门槛上,关切地问询一声:"阿妮,晚饭吃了吗?"

阿妮举举杯子,龇牙一笑:"南方牌黑芝麻糊。"

众人皆大摇其头。

阿妮不懒,纯粹是图省事。直到一只狗的介入,她这种马马虎虎度日的情况才被迫改变。

那是一只胖乎乎的小土狗,黑黄相间,耳朵软塌塌地耷拉着。它当时坐在阿妮收摊回家必经的十字路口上,全身脏兮兮的。这么小的狗不会自行出现在热闹的街道上，它刚刚断了奶，是被原来的主人抛弃在人来车往的路边的，讲得好听是"放生"。可它呆头呆脑，没有危机意识，不懂避险，用不了多久，就会被疾驰而过的汽车碾死。阿妮推着车经过它面前时，不无怜悯地啧了几声。也就是那点儿若有若无的动静，让蔫不拉叽的小狗顷刻间活泼了起来，跌跌撞撞地扑着阿妮的脚后跟，甩都甩不掉。

阿妮立定，警告它："你干吗嘞？我可不想做你的主人。"

小狗哼哼唧唧，似有万语千言。

阿妮叹了口气，表情严肃："你另找人去投奔吧，我懒得很，都不怎么烧饭的啦，你跟着我，不会有好日子过的。"

小狗的眼睛亮晶晶的，短短的尾巴摇得更起劲儿了。

阿妮跺跺脚，趁它慌乱后退之际，赶紧推起车，风一样地逃窜。跑了四五十米，忍不住扭过头去偷看，那只小狗愣头愣脑地立在马路中间。不远处，一辆墨绿色的皮卡正轰隆隆地驶来。她的心一软，匆忙回身去把小狗引到自己的小推车边，说："听好了啊——今天你要是能顺利地跟我到家，我就收了你。要是你开小差，走岔了，那就是你自己的命。"

小狗在阿妮家吃的第一顿饭是方便面。一包"幸运"面，阿妮盛了一半，分给小狗一半。吃饱喝足，阿妮给小狗洗了个热水澡，吹干。又在屋外的水泥台板内安排了它的睡房：一只浅浅的长方形泡沫箱，垫了两件厚实的旧毛衣。最后是取名字。阿妮帮小狗取名"赛虎"。听着有些俗气，但阿妮叫起来尤其顺口。因为阿妮在老家时，家里养过的一只四眼土狗就叫赛虎。

"赛虎，赛虎。"阿妮温柔地召唤着小狗，回忆如同电影胶片那样，一格格地倒带。

赛虎来阿妮家落脚的头几天，并非一帆风顺。除它之外，村中还生活着其他的狗儿。有的是养了几年的老狗，有的是和它差不多大的小狗。老狗通人性，姿态高，很少来招惹赛虎。小狗调皮好斗，不时地来欺压赛虎。为了赛虎不落下风，阿妮数次抡起笤帚，为它呐喊助威。

天蒙蒙亮，阿妮喂饱赛虎，将它抱进自行车的车篮里带出门。她去街上摆摊，赛虎独自待在她存货的地方玩耍。中午，她收了摊，再把眼巴巴迎上来的赛虎放进车篮，带回村子。赛虎两只前爪扒着车篮，坐得端端正正。一路上，总有人好奇不已，问阿妮："你的狗怎么这么乖？"

阿妮骄傲地说："天生的。"

多出来一张狗嘴，阿妮吃饭就没办法打马虎眼了。养狗，不包它的伙食可不行。光煮白饭当然是行不通的，得有点儿油水，炒青菜或煎荷包蛋是基础款，隔两天再买点儿骨头之类的硬菜。人放了筷子，剩下的残汤剩羹给狗拌饭。

赛虎来了，阿妮变胖了。她喜欢坐在屋檐下，一边晒太阳，一边看赛虎的小脑袋埋在不锈钢盆里可着劲儿地造饭。赛虎吃饱了，亲亲热热地靠过来，挨着阿妮的腿，蹭来蹭去，没完没了。

狗其实比人懂得感恩。有些人，无论为他付出多少，他都无动于衷。一只小狗，不过管了它一口食，给了它一个小小的窝，它就当她是世上最亲近的人了。哪怕骂它、打它，它还是一如既往地忠诚。

星期天，儿子回来了，看到屁颠屁颠的赛虎，问阿妮："妈妈，你怎么养小狗啦？"

阿妮说："路上捡来的，它黏着我不放。"

儿子爱干净，他提醒阿妮："妈妈，小狗身上有虱子。"

阿妮说:"有虱子怎么啦?我天天给它抓呢。"

赛虎长到四个月大,不知道误食了什么毒物,呕吐、发热、拉稀,无精打采。阿妮喂了它几次药,效果不佳。邻居生怕狗死在村子里,生出细菌病毒,要阿妮赶紧把赛虎扔到后山,由它自生自灭。

阿妮没理睬,她拉上奄奄一息的赛虎,骑车骑了二十几里路去找兽医救治。赛虎的脖子上三天挨了六针,还是不吃饭。第四天,挂了吊瓶,兽医对阿妮说:"今天输了液,明天不见好转,你就别来了。"

三天针剂,一天吊瓶,花了四百元。后邻的老太太笑话阿妮犯傻:"一只土狗,死就死呗,犯得着这么麻烦吗?四百块都能买七八只小土狗了。"

可阿妮认为,账不能这样算。她甘愿掏这笔钱换赛虎一条命。如果这四百元花掉了,赛虎仍然死了,那是它的劫数。可至少,她问心无愧了。

所幸第五天,赛虎缓过来了,吃了两块面包、一根火腿肠,咕咚咕咚地喝水。阿妮撸着它嶙峋的背脊,心疼且庆幸。

月色朗朗的夜晚,阿妮沿着村路散步,赛虎亦步亦趋,像个依赖妈妈的小孩子,也像个忠心耿耿的随从。

离婚后,没有特殊情况,晚上阿妮一般不出门。她胆子小,怕黑。况且,一个人甩打着胳膊晃来荡去,好心眼的大妈们又要拿出悲天悯人的架势来宽慰她:"阿妮,你太可怜了!"

哪里可怜呢?

有些婚姻,不过是在"只要不离婚"的底线之上做得最差罢了。困在那般婚姻里的女人,即使笑容背后隐藏着十吨泪水,也没人说她们可怜。而离了婚的女人,哪怕她能无忧无虑地行走江湖,怡然自得地享受岁月静好,发自内心地欢声笑语,都摆脱不了"可怜人"的标签。

有赛虎在,阿妮的散步合情合理。

有熟人扬声发问:"阿妮,你向来不出来的嘛。"

阿妮两手插兜,优哉游哉地答道:"我嘛,遛遛狗。"

赛虎的体型大得坐不进车篮了。阿妮骑车,它只能跟着小跑。有天中午,一个有些面熟的中年男人挥手拦下了回村的阿妮,指着赛虎问:"这是你的狗?"

阿妮点头。

"卖不卖?"

阿妮的白眼一翻冲天，简单粗暴地吐出一个字："滚！"

经过这件事，阿妮很纠结：天渐渐冷起来了，有人惦记吃狗肉了，要不要把赛虎拴起来呢？

套上枷锁，赛虎就成为一个没有自我的囚徒了。一只狗，如果不能自由地奔跑在阳光下，那还活个什么劲儿？

铁链早准备好了，但她总狠不下心拴赛虎。有几次，她都把铁链套在赛虎的脖子上了，看着它晶晶亮的眼眸和憨憨的笑容，又不自觉地放下。

一个月后，赛虎死了。有人故意把毒饵投放在它天天玩耍的地方。

阿妮在厨房里切猪肝，那是赛虎的最爱，她打算中午给它吃猪肝拌饭。邻居来叫她，她连手都没洗，匆匆忙忙跑了出去。毒饵太厉害，赛虎从入口到咽气，仅仅两三分钟，根本没机会救治。清晨，它还在四爪翻飞地与阿妮的自行车比赛；中午，就瞪圆了眼睛，无声无息地躺倒在硬邦邦的地面上。阿妮懊悔不已，人活一世，处处羁绊，都谈不上绝对的自由，不还是在竭尽全力地往前走吗？一只狗，奢望什么自由？最要紧的，是保住小命啊！她用湿巾仔细擦干净赛虎的脸、四只小爪子，梳了梳它的毛，把它装进口袋里，拉到村后的毛竹山脚下埋了。她没有扎袋口，由着赛虎的脑袋露在外面。挖的坑也不深，一层薄薄的黄泥巴虚虚地覆盖在赛虎的身上。她想：猫狗九条命，万一赛虎缓过来了，一定能从这点儿薄土里拱出来，熟门熟路地摸回家。

她们

我们

养母

她说："你不知道哦，我和你爸结婚好几年总是怀不上，你奶奶眼睛盯着我，你外婆心里忧着我，村里村外的大娘二婶子在我背后长长短短地议论着。我心里也着急，可急也没有用啊。去过的庙堂、拜过的菩萨，几双手都数不过来；中医的汤药、西医的药片和郎中的偏方，听到什么有效就吃什么。河对面的四爷爷，你还记得吗？他家的儿子叫升儿，虽然他比你大不了几岁，可按照辈分来，你得喊他一声叔呢。有一年，我喝你升儿叔的尿。每天早上眼睛一睁开就去你四爷爷家敲门，接上一碗你升儿叔起床后的第一泡尿。那叫童子尿，又黄又骚。我闭着眼睛，不去闻，不去想，憋着气咕咚咕咚地喝。喝完了，擦擦嘴，一天之中最大的坎儿就算是跨过去了。"

我听得背上的鸡皮疙瘩都冒出来了,觉得太不可思议:"那么恶心的尿你也喝得下去呀?多愚昧!"

"那怎么办?喝不下去也得喝呀。"她扯了扯嘴角,估摸着是想笑一个给我看看。可是,浅浅的笑意仅仅在两颊上艰难地挣扎了一下就没了影儿。她轻轻地摇了摇头,说:"前后喝了两三个月,喝得我饭也咽不下去了,脖子上瘦得只剩下三根筋,走起路来两条腿软绵绵的。"

我坐着,不出声。一向能言善道的我,此时此刻,竟然没办法吐出只言片语。我看着她,她的眼神穿过堂屋的门,定在院子中某个虚空的点上。金色的阳光从半空中倾倒下来,兜头兜脑地浇在院子中央银杏树的树梢上。于是,银杏树的每一片叶子都像是镀了一圈薄薄的金边。好一会儿,她才冲着我笑笑:"真的不知道那时候自己是怎么挨下来的。后来,还是你爷爷奶奶松了口,说生不出就生不出吧,去哪里领个孩子回来养着呗。"

我来劲儿了,笑嘻嘻地问她:"所以,你一下子就和我接上头啦?"

"哪有那么便当？"她摇摇头，"前后看了好几户人家呢，男孩女孩都有，都不太中意。稍微大点儿的孩子记得自己的妈妈爸爸，怕养不熟；刚刚生出来的，软塌塌的，我瞧着心里没底，不敢要。你刘家庄的姨外婆给我介绍的一个男娃儿，才几个月大。大六月的天，热得冒油哇，我和你爸爸赶了几十里路过去一看，是一对双胞胎中的老大，长相倒是蛮好，眉清目秀的。我刚往手里一抱，他就哇啦哇啦地哭得山响，哭着哭着，他的小肚脐眼儿慢慢地像个鸡蛋一样凸出来了。我心里那个慌啊，压根儿不想往回带。"

我有点儿幸灾乐祸，逗她："在农村，男孩可比女孩金贵。你咋不乐意要呢？"

她也笑："哦哟，什么金贵不金贵的，男孩女孩不都一样？过了没多久，又有人上门来给我说了个女孩子。路倒是不远，河东村的。那孩子命苦，还不会走路，她妈妈就生病没了。那个女孩皮肤白白的，嫩得跟一块水豆腐似的。"

"真有那么漂亮？"我的语气酸溜溜的，"那你为什么没把她领回来当女儿？"

"没敢要。"她老老实实地交代着事情的来龙去脉，"她的外婆是咱们村的，从我们家往东数第四户，有两个五大三粗的舅舅。我在人家几口子的眼皮子底下养着那个小姑娘，得多紧张、多小心翼翼？再说了，我胆子小，她妈妈不是过世了吗？万一她不放心自己的女儿，隔三岔五地托个梦，不吓人？"

我咯咯地笑，搂着她的脖子晃来晃去："你这个不中意、那个不喜欢的，最后，我就成了你的女儿啦！"

"是呀，"她由着我搂着，一动不动地沉浸在往事里，"公社的妇女主任和你妈妈是朋友，她说你爸爸在部队里当兵，一年到头就只有几天的探亲假。你妈妈一个人在家拖着四个孩子，大的一个十三岁，下面三个小的都还在拖鼻涕水，没一个帮手，起早贪黑种着好几亩地，实在是苦不过来。我一听，心眼儿就活了，挑了个日子叫那妇女主任陪着去了你家。你瘦瘦的，小脑袋上揪着一根冲天辫，脸蛋擦了煤灰似的乌黑发亮。午饭桌上，你坐在我旁边，我低下头逗你，拉拉你的小黑手悄悄地问，叫我一声'妈妈'好不好？你也不认生，小嘴一张，软糯糯的一声'妈妈'冲口就出来了。妇女主任在桌子底下扯扯我的袖子，偷偷地取笑我：'朱玉林，你羞不羞？'我把你抱到我的膝盖上，心里美得不行。嗐！有什么好羞的？我终于有个女儿啦！"

我想了想，又问她："我被你带回家的时候就没哭？"

"没哭。"她肯定地说，"你一点儿没哭，乖巧地靠在我的怀里，好像你生来就是我的孩子一样。"

她说这些，我一片茫然，因为我叫她妈妈的时候只不过两周岁多一点儿，讲话都不太利索。而我脑海里储存着的与她相关的最初的影像是黑白两色的：一大批家用缝纫机整齐地排列在一间宽敞的大房子里，而这些静止不动的缝纫机中的某一台，是她的。

很奇怪，即便在我成年之后，这个场景仍常常出其不意地穿插在我的梦里。有时候，我甚至不敢确定这一幕究竟是自然而然地根植在我的记忆里，还是我有心提炼自她后来的讲述。但我很肯定，与童年相关的某些碎片之所以能如此清晰地回放，一定是彼时那个小小的我，深刻地快乐过。

在磨头镇绣花厂所有女工都坐在缝纫机前埋头苦干之际，我和另外几个年纪相仿的孩子在厂房的过道里自由玩耍。缝纫机面板的四角硬邦邦的，我玩着玩着，脑门儿就磕到了其中的一个角上。于是，我一边哭，一边晕头转向地找到她，伏在她的膝盖上求安慰。她跟我说，你乖着呢，不爱痴哭，给你揉一揉撞疼的脑门儿，你马上不掉眼泪了。绣花厂离家有三十多里路，来去不便，她带着我在厂里住过几宿。宿舍很简陋，睡觉的床是用两个高脚凳和两块木板依着墙壁拼起来的。她说，半夜里迷迷糊糊地伸手一摸，身旁是空的——小小的我已经滑到了"床"与墙壁之间的缺口里去了，就那样站着呼呼大睡。

她说给我听的这两桩小事，像一支橘黄色的蜡烛，飘忽、温和地照亮了我人生之初的一段记忆。我像是身在其中，又好像不得要领。但当她停下了，不说了，那些久远的、细碎的童年旧事又像退潮的水一样，退到我目光难以触及的地方。我真真切切记得的只有一碗馄饨——她为我讨来的一碗馄饨。

磨头镇的老街上，离绣花厂不远的国营小吃店里，冒着热气的大铁锅前，一位身材高大、系着白围裙的中年男人正忙碌地煮面条、煮馄饨。他右手边的桌面上摆着一溜儿蓝花碗，碗里是浓如奶水的骨头汤，汤面上漂着翠绿的葱花。我的眼睛紧紧地盯着中年男人手里的竹笊篱,笊篱在铁锅与蓝花碗间不停地穿梭。锅里的面条和馄饨被捞到碗里,碗里的面条和馄饨又被跑堂的胖大婶搬到吃客面前。吃客的筷子在碗里一搅拌,丝线一样的面条和白玉一样的馄饨馋得我直咽口水。

那一天,绣花厂放工了,她带着我去小吃店吃了一碗馄饨后准备回家。馄饨里有一块指甲大的嫩肉,实在是太鲜美了!尽管一碗中的大半进了我的胃袋,我却说什么也不肯离座,闹着吵着要她再买一碗。她的钱袋里只剩下九分钱,馄饨要两角钱一碗,国营的店又概不赊账。可我不管,我非吃不可!没办法,最后她不得不壮起胆子去找煮面条的师傅讨来了半碗。

不管是谁,但凡沦落到低声下气去讨东西的地步,免不了要受些委屈。年轻时的她,脸皮薄薄的,与人讲话从无高声。可为了我的无理要求,宁愿赔着笑任那大师傅冷嘲热讽一顿。三十多年后,已为人母的我对其时的她颇有微词,扬扬得意地向她展示我的教子方:"我的小孩要是敢不讲道理,打他一通屁股就老实了。你倒好,明明是我不听话,你反倒去滋长我的坏脾气。"

她呵呵地笑，慢悠悠地来了一句："我就是舍不得打你呀。"我一愣。"舍不得"这三个字钻进耳朵里，瞬间衍生出万千滋味。是的，我做了她十年的女儿，她没有动过我一根指头，即便是言语上的责怪，也少之又少。奶奶和我咬耳朵：你妈妈呀，就是个韧面筋。

在老家那块，"韧面筋"这一称呼多少带着点儿贬义：性子慢，做事拖拉，不带劲儿。奶奶对她的点评很到位。她确实不是撸起袖子就能风风火火下地干活儿的好角色，她只会坐在家中缝纫、绣花、做鞋子。她的这三样手艺在我的身上展现到极致。我的帽子、手套、鞋子、衣服、书包通通出自她的手，无一例外被她绣得红红绿绿。花花草草、小猫小狗、星星月亮，她绣什么像什么。村庄里的大姑娘小媳妇聚起来，人也不少，数她的十指顶灵巧。滑雪衫刚刚流行起来的那年，她就兴冲冲地去县城的百货大楼扯回了料子，为我加工了一件双色的滑雪衫。正面是大红的，反面是湖蓝的，银色的拷纽亮闪闪，正反两面能换着穿。八十年代的乡下，这种样式的衣服还是极少见的。可以这么说：穿上那件滑雪衫，我就是乡里最潮的妞儿。然而，她的灵巧似乎仅仅局限于指尖上的精细活儿。作为娘家的长女（外婆生了五个女儿，她排行老大）、婆家唯一的媳妇（奶奶生了七个孩子，一男六女），她居然不会下厨。锅里的油烧热了，她还在紧张地东张西望；好不容易把菜推下了锅，她又发愁该先放哪种调味料；手忙脚乱地炒了几下，盖上锅盖焖着后，终极大问号又来了——怎样才叫烧熟？

家庭主妇煮饭做菜，除了天赋，其余全凭感觉和习惯，你叫别人怎么回答她？这个女人这样讲，那个女人那样讲，讲来又讲去，她依旧一头雾水。她脾气"韧"，毫不介意别人的揶揄，大方地承认自己厨艺上的失败。奶奶在时，大树底下好乘凉，她心安理得地不进厨房；奶奶离世后，每逢过年过节姑姑们来做客，她讪笑着声明她只负责提供食材，不负责做饭。她心眼儿实诚，不管多好、多贵的东西，只要家里有，她都舍得拿出来招待大家。她的慷慨抵消了厨艺的缺憾，所以尽管她连一桌像模像样的饭菜都捣鼓不出，姑姑们对她的评价还是挺高的，一致认为"朱玉林人不错"。

我成了她的女儿后，她彻底地放松下来，不再东奔西走地求神拜佛、去看医生，整个人的气色也好了很多。她本来就是个美人坯子，鹅蛋脸，大大的双眼皮，笑起来，一口白牙整整齐齐。她还有一头乌黑的长发，有时她的两根别致的麻花辫子垂在腰间，有时她又把辫子随意地盘在头顶。反正，不管她怎么打理她的辫子，在我的眼里都是美的。她打心眼儿里喜欢我，却又不太懂得侍弄小孩。夏天的晚上，她怕我尿床，睡觉时用了很厚的土棉布兜住我的屁股，扎得严严实实。只过了两三天，我的肚子和腰部就被捂出了密密麻麻的痱子。奶奶看了很心疼，主动把我抱走，我就在爷爷奶奶的床上，一直睡到十三岁。小孩子，和谁睡在一张床上，谁就是最亲的人。我常常疑惑：是不是因为这个原因，我幼时记忆里理应属于她的一部分，拨给了和我合用一只荞麦壳枕头的奶奶。

　　她房间衣橱的抽屉里曾经收藏着一本巴掌大的红色皮面小本子，那是长庄公社颁发的独生子女证。领了这本证的她高高兴兴地把我放在自行车的横杠上去参加乡里举办的一年一度的独生子女表彰大会。她多年不育，这在乡里是个公开的秘密。去乡里的路上，不停地有人问她："朱玉林，这小孩儿是谁家的?"她跳下自行车,把两根乌油油的长辫子往身后一甩,欢天喜地地说:"这是我家姑娘呀!"会议结束,她领到奖品:一条毛巾,一只白色的搪瓷杯,搪瓷杯外面印着"独生子女光荣"。

领了四套奖品后,她没有预兆地怀孕了。弟弟是1985年冬天出生的,那一年,我七岁。七岁的孩子虽然糊里糊涂的,但还是被她那场惨烈的分娩吓到了。她是在我们公社医院待产的,公社医院的规模很小,前面两排平房,后面一个浅浅的院子,产房就在院子东首的第二间。她一大早进了产房,折腾了半天,生不出来,医生说要剖宫产。那时不比现在,剖宫产尚未被大众接受,但形势逼人,养父只好战战兢兢地点了头。等她的肚皮被打开了,才知道问题大了:她的子宫里除了孩子,还有大大小小的几个瘤子。更为严峻的是,她的麻药已经过了临界点,医生在她身体上的每一次触碰她都一清二楚。因为疼痛难忍,她撕心裂肺的喊叫一声接一声。她不停地喊,不停地问:"娘啊!娘啊!好了没有?好了没有!"

天空飘着大大的雪片,她的号叫声响彻整个医院。我起初并没有意识到她正在遭受巨大的劫难，还乐滋滋地吃着油馓子和芝麻糖饼。在产房走廊里等候时，我的养父和奶奶，一个面色苍白，一个掏出手绢不停地擦眼泪，我也莫名其妙地害怕起来。突然，产房的门开了一小半，有个胖护士大声地叫着养父的名字，养父的脸刹那间白成了一张纸。他惊惶地跑了过去，我趁乱跟在他的身后闪进了门里，但我不敢再近前，只是悄悄地靠在门边上。三个医生弓着腰在养母的哀号中忙碌着，其中一个戴着大口罩的女医生扭过头匆匆地和养父说了两句话。我还没来得及竖起耳朵，就看到养父扑通一声跪在了医生面前，脸上亮晶晶的一片，不知道是泪水，还是汗水。我吓得大气也不敢出，赶紧踮起脚尖跑出门外。

几个小时后，弟弟降临到这个世上。二斤三两，瘦小得像只奄奄一息的猫仔，护士打针时都不敢往下扎，只能拎着皮戳进一点点针头。第二天，医生来查房时坦诚地说，朱玉林肚子里的瘤子实在太复杂了，完全超出了她的见识和水平，手术进行到一半就无法再进行下去。本来她已安排把奄奄一息的养母转到县医院去，但养父跪在她面前不肯起来，恳求她保住大小两条命，她没有办法，才冒险一搏。医生又叮嘱我养父："你要好好对待朱玉林，我接生的所有产妇里，她真的是九死一生，遭了天大的罪了！"

可不是！刀口十多厘米，在麻药失效、完全清醒的情况下，看着医生在自己的肚子里忙碌了好几个小时。那种剧痛，常人难以想象。事隔多年，我询问她躺在手术台上那几个小时的感受，她认真地想了想，说："我忘记了。"

"忘记了"是聪明，还是无奈？可是，她又怎么好不忘记呢？从二十多岁到六十岁，三十多年的时间里，她总共动了五次手术，伴随她的是剖宫产的刀疤、胆结石的刀疤、阑尾炎的刀疤、附件的刀疤，以及最后一次膝盖粉碎性骨折的刀疤。2016年的夏天，我带着儿子回江苏，她挽起裤腿给我看因为粉碎性骨折而变了形的膝盖，告诉我：里面衬着一块不锈钢，等把田里的一熟稻子拾掇进粮仓，她还要去市里的人民医院再动一次手术，把放了十来个月的不锈钢取出来。

她这缀满病痛的大半生——如果把所吃的苦、挨的疼、受过的累都记在心里，那她该活得多艰难！所以，她难得糊涂地选择了"忘记"。但她没有也不肯忘记的是养父的那一跪，那是她和养父拉拉扯扯了半生的婚姻里最初的也是最难得的恩情。纵然后来的她已头发花白，和我谈起养父当年的那一跪，眉眼间仍不自觉地溢满了柔情。

养父是村里的电工。早前的电工有很大的权力，不仅掌握着几个村子的电闸，家家户户的电路也全仰仗电工维护，所以电工是红人，人人愿意和他结交。在那种被刻意奉迎的氛围下，养父不知不觉地染上了酒瘾。三天一大醉，两天一小醉，东家喝到西家，中午喝到晚上。逢酒必醉，醉了又不肯消停，追鸡赶狗、就地打滚或上房揭瓦，闹得家中鸡飞狗跳，个个不得安生。但他再怎么不安生，养母都寸步不离地陪护在养父身边，生怕他在烂醉中伤害到自己。

侍候酒鬼需要极大的耐心和爱心。然而，若是一个男人一年三百六十五天，犯浑的时间远远超过清醒的时间，日复一日地上演着同样的闹剧，不思悔改，那么女人有再多的耐心和爱心也会渐渐地被消耗殆尽。我小学五年级时写过一篇作文，其中一段描写了养父的醉酒：烂醉如泥的爸爸躺在床沿上，妈妈伸出手用力一推，爸爸就像死猪一样骨碌碌地滚到地上。语文老师把我的作文当成范文在班级上读，"死猪"

的比喻就成了一个收不回来的笑话。

对这件事,养父养母的反应不太一样。养父丝毫不动气,反而以我为荣,觉得我观察入微,倘是酒桌上有人拿"死猪"揶揄他,他笑得比别人还要带劲儿,好像平白捡了几百块钱似的。养母虽然也被"死猪"这个词逗笑了,但她嘴角的笑却并不自然。

养父这个人,怎么说呢?嗜酒固然令人讨厌,但从宿醉中清醒过来的养父却是温和亲切的,他不厌其烦地满足我的每一个小小的要求。我过生日,他再怎么忙都会抽出时间去乡里买上几道我爱吃的菜。从县城出差归来,他斜挎着的电工包里总有一两样令小孩子为之展颜的好东西。他最深得我心的一点是会很慷慨地给我零花钱。货郎摊上各色各样的玩意儿,老公公敲着小铜锣叫卖的麦芽糖,装在木头箱子里的棒冰,学校门口的木香花……这些东西都需要源源不断的零花钱去换取。

养母也常常给我钱,只不过她给的不多,而且还不是白给的,算是跑工费。天黑之后,她要我陪她出门寻找醉得不知归途的丈夫。乡村的夜晚乌黑一片,有月亮的话,尚好一些，至少看得清脚下坑坑洼洼的路，如若阴天落雨，不但道路泥泞难行，连守门狗的叫声都要比平日里凶狠几分。我似乎总是不能忘记那些坐在她自行车大杠上的夜晚，冷风无情地刮过我的脸，我紧紧地闭着眼睛，唯恐自己一松懈就会被无边的黑暗吞没。

其时，年轻的养母渴望的，不过是幼小的我与她并肩前行时带给她的一点微光吧，哪怕这点微光还没有火柴头大。在那样的境况和氛围下，养母的内心大抵也是惶恐不安的吧。一边深一脚浅一脚地推着自行车往前走，一边有一搭没一搭地引我开口说话。我的眼皮有千斤重，她的声音像沉没在水里，越来越远。她是如何一次次顺藤摸瓜地找到烂醉的养父并成功地把步履踉跄的他带回家的？我已无从述说。随着岁月的流逝，往事留在记忆里的只是一些零零落落的点，所以我记住的只有黑夜、冷风、犬吠、怪兽般站立在阴影下的草垛子和养母高一声低一声的呼唤。除了这些，养母的面目反而模糊一片。那一段经历让我耿耿于怀：好像我当初成为她的女儿的最大用途，就是日后给她壮胆。

拥有众多不情不愿的夜晚的孩童，等于拥有众多不快乐。成年之后，我本能地抵触天黑之后的活动，没什么非做不可的事情，绝不外出，哪怕村路上密集的路灯亮如白昼，我也绝不会独自出门散步。极少的几次，因为迫不得已在月亮下行走，我的脚步都是匆匆的。我不敢停顿，不敢回头。失落在故乡暗黑村道上的我和养母重叠在一起的身影，是我此生都在想办法逃避的伤疤。它看似隐秘，内核却越来越明亮耀目，以致我童年里那些坐在养母自行车上的夜晚几乎被它的光芒击中、洞穿，直至灼成灰烬。

我幼时，因为贪恋零花钱的好处，情感的天平一直倾向于养父一边，并不懂得女人的一生中出现这么一个"不走寻常路"的男人，究竟是多大的灾难。二十七岁的春天，我远嫁他乡，过得艰难而窘迫，一场辛苦维持了十三年的婚姻最终还是瓦解了。摊开紫红色的离婚证，看看面容沧桑的自己，再回过头看看头发花白的养母，才彻底地明白，她和养父的婚姻更多的时候是她一个人的独自修炼。

婚后十年的不孕不育，她要修炼；丈夫沉溺于酒桌，她要修炼；最诛心的是，我养父此起彼伏的花心事，还是要她修炼。

养父是从什么时候开始不安分的？我无法下结论。至少，我在他们身边生活的那十年里，他让养母深受其苦的只是酗酒一桩。我记得养母开始和我倾诉养父的不忠是在我高中毕业之后。那时的我任性尖刻，潜意识里还在维护养父，通常不等养母把话讲完就粗暴地下定论，责怪她多管。不单单是年少轻狂的我，奶奶和姑姑们的言语间也暗藏着对她的不满，说她疑神疑鬼，乱给丈夫扣帽子，再多说，就是她自己没办法，抓不住丈夫的心。

她也很委屈：丈夫的人都很难抓得到，又如何能够抓到他的心？为了追上我养父的脚步，她骑坏了三辆电瓶车。她苦笑着伸出三根手指对着我比画了一下，我第一反应就是不去看她的眼睛，低着头，看地面。她还给我看了几张作为"证据"的照片，照片中的她面无表情，半张脸是肿的，一只眼睛周围有明显的瘀青。养父打了她。

我能说什么？在我心间，养父素来是妥帖的、慈爱的、温和的，我不去说道他，是我不愿面对他"果真成了我养母口中那般不堪的人"的事实。一颗心几乎完全飘荡在外的养父已经容不得长成大人的我去揭他的底了。奶奶的周年忌日，我归了家。在楼上的房间里，我试探性地和养父谈起了他和养母之间的冲突，但养父很快沉下脸夺门而去，把我晾在当场。就是那一次，我明白养母已经在婚姻中败得一塌糊涂，也领教到夫妻决裂后男人的绝情。原来最可怕的绝情不是两个人吵吵闹闹不得安宁，而是，你扫向我的眼神宛如冰刀。

很难想象，是什么支撑着养母在养父宛如冰刀的眼神下苦苦扑腾了半辈子。靠唠唠叨叨的倾吐吗？无限循环的倾吐的确给她清理了一部分的心理垃圾，但于她和我养父的关系修复，却是毫无用途。我在浙江安家后，她给我打了无数通电话。每一通来电的本意都是关心我这个远嫁的女儿过得顺不顺心，然而，说着说着便岔了题，最后无一例外地变成了她对我养父的控诉。

同为女人，要是换成我，对一个不再把心放在我身上的男人，我早早地就撂下了。即使不撂下，我也会时刻克制自己不去管他。"别去管他！"是我在电话里对养母说得最多的一句话。就像一个悖论：因为知道她做不到这一点，我就要一直强调；因为我一直强调，所以，她也从未听进去过。

某一个午后,我在厌倦了她毫无头绪的长篇絮语后,脱口而出一句"妈妈,你离婚吧!",电话的另一头突然安静了。她咿咿哦哦地打了几个哈哈,支支吾吾地说了一声"你爸爸人也没那么坏"后,匆忙地结束了通话。那是她仅有的一次主动撤退。在那之前,不管我如何明示暗示我不想听她的长篇纪实,她都牢牢地拖着电话这头的我的耳朵不放,像是扯着这个世上稀有的一根救命稻草。然而,"离婚"这两个字甫一出场,她就慌不择路地逃开了。

我终于明白她为什么会败在养父的手中。因为她拒不承认眼前这个漠视她的男人真的是我养父,因为她有选择性地固执地保留了我养父年轻时身上的良善,因为她不相信身边最亲密的人居然会变得面目全非。或许,她的倾诉除了情绪的自我救援,还是一种求证,企图在我这里获得我对她所倾诉的那些话的否定。换言之,她需要的其实是我认可"你爸爸人也没那么坏"这句话。她想死死守住的或许并不是千疮百孔的婚姻,她想守住的只是过去那个爱着她、毫不犹豫地跪在医生脚下的男人的形象。如此,她羸弱的身躯里才能源源不断地滋生出飞蛾扑火的勇气。

  我远嫁的这些年，几乎每年都会带着孩子回娘家一趟。养父养母的家，我自然是要去小住一段时间的。他们两人缠斗、怨恨了多年，我完全能猜想出平日里他们两人的相处模式，但有我和儿子在场，他们还是最大限度地还原了最初留在我脑海中的样子。养父忙前忙后地杀鸡杀鸭，去小河里抓鱼，恨不得把家里的好东西都搬出来给我。养母爱怜地把我的孩子搂在怀里的画面，使我想到若干年前窝在她臂弯中的那个小小的我。

  一切就像回到了从前。要是我不曾长大，他们也不曾变老的话。真的，一切就像回到了从前。

  养母2022年夏天因病辞世。

  一天，蔡家庄的弟弟打电话给我，说："姐，妈妈的吃饭成问题了。"

  弟弟说的"吃饭"是供饭。

  虽然她这个人不在了，但按照我们如皋地区的传统习俗，全亲们依然要连续给她"端"三年的饭。一日三餐，每到饭点，必须盛好开锅后的首份热饭菜，放在她那只小小的木牌位前，知会一声"吃饭啦"，接着烧一沓子黄纸冥票。等火焰熄灭，纸灰变冷，就代表她用餐完毕。

养母的"吃饭"成了问题，是因为我家对岸的三奶奶去世了。老家的规矩，三年之内，同族里只有一个给逝者供饭的"名额"，而且晚辈必须让着长辈。三奶奶是我养父嫡亲二叔的妻子，由她的儿子来我养父家撤掉我养母牌位前的饭碗，转给他的母亲，这完全合乎乡情，谁都没有阻拦的理由。

"失去饭碗"的养母该何去何从呢？养父讪讪地说："我每天多给她烧点儿纸钱嘛，她在那边想吃什么、买什么，也方便的。"弟弟的设想更乐观："姐，没事的。妈妈安葬的地方离爷爷奶奶的坟墓顶多二三十米远，她真的不愿意'上街'买着吃，可以去爷爷奶奶那边'蹭饭'嘛。"

养父的意思，我懂。弟弟的解释，我也能接受。蔡家庄的爷爷奶奶历来善良温和，宽厚大度，以我对两位老人的了解，无论宽裕与否，他们俩都会省下一口饭给饿着肚子的儿媳妇。

如此这般地开解了自己一番，我心里还是空落落地难过,摸出电话和我的生母联系,向她求证如皋乡间是否真有"撒饭碗"的做法。我七十七岁的生母在八百里外受惊般地"哎哟"了一声,万分惋惜地说:"糖珠的命真苦!"

糖珠是我养母的乳名。1955年,糖是普通老百姓梦寐以求的好东西,鲜、甜、美。当初为我养母取名的人一定满心希望这个刚出生的小女孩能有甜甜美美的一生,他(她)一定不曾料想,一个顶着"糖珠"之名的女人,烟消云散后得到的评价是"命真苦"。

养母脾气温暾,说话做事拖拖拉拉,就连吃饭,也顿顿落在人后,一起坐上桌的人早放下了碗筷,她才刚刚进入状态。她吃饭很慢,不像享受,倒像为了完成任务。先在嘴里翻来覆去地嚼,然后皱着眉头往下咽,好不容易吃了一小半,又打起了长长短短的嗝,于是拿起热水瓶往碗里冲。干巴巴的米饭冲开水,也无可厚非,但玉米糁粥、青菜面条、面糊糊之类的半流质食物,居然也逃不了开水的"洗礼"。总之一句话,不管什么好东西,但凡盛到她的碗里,结局都和鸡刨食差不多。

在我的记忆中,几乎翻找不出一帧她"吃嘛嘛香"的画面。以前,我不理解养母的吃相,现在回过头想想,那其实是一种病态。并非她不想如常吃饭,而是她的身体在密谋暴乱。她年纪轻轻患有疰夏的顽疾,随着气温一天天升高,渐渐地黄瘦,终日神色萎靡,无精打采,捧起饭碗就发愁。她千辛万苦地怀了孕,吃啥吐啥不说,剖宫产时还连带着从子宫里扒出几只可怖的大瘤子。她五十多岁时吃饭更遭罪了,口腔里扁平苔藓频繁爆发,最严重时,舌头整个儿脱光了皮,水米难进。她六十七岁罹患胰腺癌,查出来即中晚期,在南通肿瘤医院做保守治疗。我去探望时,她已不成人形。化疗导致的大面积脱发、深陷的两颊、枯槁的手臂、变形的腹部、浮肿的双脚,令我不忍直视。她不停地反胃,一声赶着一声地呕吐,即便强行抿下小半口水,两三秒的工夫,马上吐得昏天黑地。养父喂她茄丝面糊,她仅仅象征性地用干裂的嘴唇碰了一下。

养父重重地叹息,催促她:"你吃哉,吃哉!"

她努力扳正脖颈,满脸愧意地望着我,气若游丝:"丫头,你爸爸总怪我不吃东西,我的肚子饿得咕咕叫,也想吃点儿东西,可真的吃不下,吃不下啊。"

我心如刀绞，一迭声地回应她："妈，我懂，我懂，我懂。"

她人生最后一程的痛苦我已无法用语言描述，每个细微的动作都是施加在她身上的酷刑。不能站，不能坐，不能躺，只能用一种别扭的姿势斜靠着床沿，无休无止地干呕。出院时，医生拔掉了她腹部的引流管。回家后的头两天，拔管的伤口源源不断地淌出黄色积液。也就是那相对不太残忍的两天，她抓住呕吐的空隙喝了浅浅几调羹心心念念的麦粥。伤口愈合了，积液不流了，痛苦又变本加厉地折磨着她。我掐了院中新鲜的薄荷给她泡了漱口水，在嘴唇凑到杯沿的瞬间，她的眼睛飞快地亮了一下，又飞快地暗了下去，强笑着对我说："丫头，我原来也喜欢喝薄荷茶。"

麦粥配的两样小菜都是她点名要的，我弟媳妇上手做的：一碟腌苦瓜，一碟生姜丝。她夹了薄薄一片苦瓜咂了咂，说："还是向阳（我弟媳妇的名字）的手艺好，你爸爸连咸淡都调不匀。"

我说："你喜欢吃，向阳天天给你做。"

她惨然一笑，挑起一根姜丝放进嘴里。姜丝是原味的，辣得她打了个激灵。我替她擦了擦脑门儿上的汗珠，让她赶紧吐出来，她摇摇头，说："丫头，你不晓得，我整个人都没什么知觉了，就是要用辣的姜丝刺激刺激，我才能清醒一点。"

她说这句话时，我没敢看她的眼睛。

也就是说了这话后的一个礼拜，她去了另一个世界。

我、我养父、我弟弟弟媳妇和我姑姑们都目睹了她的昼夜辗转、生不如死，可即使所有的亲人都近在咫尺，无限悲悯，又有谁能分担得了她万分之一的痛楚？癌症的千刀万剐之痛，放化疗的雪上加霜之痛，于她而言，离开的解脱好过苟活的凌迟。我唯一不能释怀的，是她临走前什么也没有吃。

她想吃，非常想吃。弥留之际，她断断续续地说："我饿……饿得难受啊！我该怎么办……"

我曾暗暗祈求过老天能赐予她回光返照，哪怕只是短短的二三十分钟，让她可以安安心心地扒一点儿松软的米饭，吃一块香喷喷的红烧肉，喝一口温热的菜汤。如此，她毕生所扛着的桩桩件件的苦，还能有个细微的安放之处。

但是，没有。老天无视了我，也忽视了她。

养母健在时，我基本不打电话给我养父，只打给我养母。作为女儿，我深爱着我的养父。作为女人，我同情我养母，生怕打了电话给养父，无形中冷落了她。我嫁到浙江后，有很长的一段时间，养母不停地打电话给我，控诉养父的不忠、粗暴、绝情，但无论心里多苦，她从不提"离婚"二字。原先，我不能理解她；四十五岁时，我慢慢地想通了这件事。婚姻分三个阶段：第一阶段是家人，第二阶段是亲人，第三阶段是爱人。吃住在一起，心不在一起的，叫家人；吃住在一起，重要的事情上互相提携的，算是基本达到了亲人的境界；吃、住、重要的事情都在一起，时时刻刻无怨无悔地为对方付出的，才称得上爱人。

养父仅把养母当作家人，养母却把养父当成爱人。在别人看来，我养母和丈夫耗了一辈子，太苦了。可是，她偏偏把这种苦当甜汤一口闷了。

养母去世后的一个早上，我打电话给养父，提醒他，要降温了，把冬天的衣服整理出来。养父说："不用准备，你妈已经单独把我的厚衣服都叠在一只大箱子里了。"养父还说："嗐，真奇怪，我都没注意她是什么时候办的这事。"

我忍不住朝他吼了一句:"你对她再怎么不好,她还是舍不得你!"

放下电话后,我的眼泪哗哗地流了下来。

奶奶王成英

奶奶去世二十多年了，从不曾出现在我的梦里。有人说，真正心疼你的人离世后不会轻易来入你的梦。因为他怕你总放不下他，所以宁可远远地避开，也不愿意你为他伤心。

我还在娘家时，有两年清明节的傍晚，我在我家小区围墙外的河边给奶奶烧过纸钱。纸钱燃烧后的灰烬黑蝴蝶一般地打着旋，被风裹挟着扑上我的脸颊。我眯着眼睛看见有人从围墙的顶头走了过来，立刻慌慌张张地拐进小区。我想，如果奶奶真的有所感应，从别处赶来收我的纸钱，她一定希望我和她说一会儿话，可我畏畏缩缩地逃掉了，又算什么事呢？她该多失望。

奶奶是蔡家庄养父的母亲，和我没有直接血缘关系。我是 1978 年生人，1980 年去蔡家庄养父家落户。奶奶 1998 年因病去世，我和她之间存在的是长达十七年的、比血缘还要浓厚的祖孙缘。

奶奶叫王成英。在苏中乡下，除了村长开社员大会时照着花名册点个数，偶尔去一下医院、派出所之类的正规场所需要验明正身外，妇女们的名字几乎全被"某某妈"取代了。奶奶一生育有六女一男，她的第一个孩子——我的大姑妈乳名叫换儿。所以，我的奶奶就被人（包括我爷爷在内）喊了大半辈子的"换儿妈"。

奶奶个子矮矮的，一米五左右，六十岁后更显矮小了。我们俩站在院里的枇杷树下合过影，她只齐我的肩膀。九十年代，农村人如果没有特别的需要，根本不拍照片。我那时在如皋读职高，双休日回蔡家庄，刚好公社照相馆的师傅蹬着自行车到村子里来兜生意，奶奶兴兴头头地把人家叫进来拍了几个镜头。过了半个月，照片送来了，先是压在西厢房的书桌玻璃台板下，后来老房子翻建，屋里的东西丢的丢、扔的扔，那些照片无意间被搞没了大半。我仅存的一张奶奶的照片还是爷爷在世时保管着的，我用手机翻拍了下来，时常拉出来看上几眼。

照片上的奶奶有点儿腼腆地抿着嘴，隐约的笑意浮在圆圆的脸上，戴一顶蓝色的的确良帽子，身着一件蓝色的偏襟罩衫。奶奶的衣服颜色以深蓝、藏青居多，全是她自己手工缝制的偏襟盘扣的立领罩衫。她不擅长针线活儿，领口上的一字扣盘得并不工整；冬天穿的大棉裤更夸张，夹里是厚厚的长毛绒，裤腿粗得像炮筒子，毫无美感可言。"好看"不是奶奶的首选。她的日常困囿于铺天盖地的家务农活儿之中，只有不限制她做出伸手、振臂、摆胯、下蹲等动作的衣服才是合适的。在我的印象中，她没有穿过一件修身的衣服，她真正注重的是帽子。因为月子里落下的头风病，奶奶一年四季都离不开帽子。天气暖和些，戴简单的薄布帽子；气温下降了，马上捂起狗套头帽子（一种能全面护住额头和下巴的毛线帽子）。滴水成冰的冬季，帽子外面还得扎一块厚厚实实的方巾。即使晚上睡觉，方巾也是严严地包在脑袋上，从不取下。

蔡家庄的人都说我是奶奶的"瘪拉儿"。瘪拉儿是我们那里的方言，有"垫底的小儿小女"的意思。这个戏谑性的说法我奶奶听了不但不生气,反而很受用。最小的六珠姑姑比我大不了几岁,因为奶奶长期偏心于我,她十分不服气,和我明争暗斗过数回也不顶事,奶奶只要出门,身后的小跟班总归是我。乡间的土路上,奶奶拉着我的小手,一老一少的对话叮叮当当地落了一地。

"奶奶,等你老了,我要对你好哦。"

"真的吗?"

"真的!"

"怎么个好法儿呢——说来听听。"

"嗯,冬天嘛,我带你坐在朝南的屋檐下晒太阳;夏天嘛,我给你买西瓜棒冰吃。好不好?"

"再好不过了!"奶奶笑了好一阵子,认真地叮嘱了我一句,"等奶奶上了年纪,牙齿就松动了,你可千万别给我吃硬邦邦的京枣(一种油炸的面点),咬不动。"

"奶奶放心,京枣你咬不动,我给你买桃酥。桃酥松松的,不伤牙。"

"哈,我的个小乖乖,你想得可真周到!"

……

奶奶三天两头挽着篮子去村西头的吴庄代销店，代销店里摆满了杂七杂八的日用品，我一进门就直奔店中央的柜台。木头柜台高高的，油光可鉴。我踮起脚尖，把着柜台边盯着糖罐子看。无非三种：薄荷糖、水果糖、高粱饴。薄荷糖吃起来舌尖凉丝丝的，水果糖红红绿绿，高粱饴有里外两层糖纸，里面的一层轻薄柔软，我觉得高档极了。奶奶从不需要我开口，就先给我买几块糖，然后才办她的正事：爷爷喝的老白酒、抽的大前门香烟，她自己的水烟块，家里用的点灯的火油、盐糖（糖精居多）酱醋、火柴洗衣粉洋碱（肥皂）等。代销店的糖罐子后来又增添了晶莹剔透的散装冰糖块。奶奶很喜欢，常常称一小包放在枕头下面。晚上睡觉前，我躺在她身边"嘎啦嘎啦"地嚼着冰糖，她则靠在床背上"吧嗒吧嗒"地抽水烟。她一天不吃饭不打紧，一天不抽水烟，她说自己一准得要"往天上爬"。

奶奶十多岁时抽水烟就成瘾了，外出打猪草也要随身带着水烟袋。嫁给了爷爷，水烟袋也随身带了过来。吸水烟的工具很简单，一根约六七寸长、小拇指粗细的中空管子，管子的一端是个铜制的敞口小斗。烟丝揉成黄豆大小按在小斗中，叼住中空管子的另一端，划亮火柴点燃烟丝，咕噜噜吸食的过程中嘴角不停地放出丝丝白烟。水烟有厚厚的烟油沉积，奶奶定期要用细铁丝仔细地剔洗一番烟斗与烟杆交接处，确保能轻轻松松地吸上舒心烟。

水烟杆既是奶奶的心头好，又是她待客的"大热门"。养父是附近几个村庄唯一的电工，来找他的人一天有好几拨。我们家又经营着磨坊，人来人往，早晚不断。无论谁来了，奶奶首先捧出她的水烟杆子请人家"抽一袋"。我们村东头的陈家庄有个精神失常的女人，四十出头，名叫锁儿。家人管不住她，由着她四处疯跑。她每次走到我家门前的村路上就熟门熟路地拐进来，捞起厨房里的水瓢，站在水缸边咕咚咕咚地猛灌一气凉水。冬天，她穿一件黑色的破棉袄，敞开的衣襟像折断了的蝙蝠翅膀一样耷拉着。她的脸特别苍白，眼睛直愣愣地越过别人的头顶戳向前方，甩着手臂，不时阴阳怪气地唱骂几句。别人看见"呆锁儿"走近了，赶紧关门闭户，唯恐避之不及。我奶奶却不当她是异类，照样客客气气地请她坐在堂屋里抽烟，轻言慢语地和她拉几句家常。

我们那地方抽水烟的男性不在少数，但抽水烟的女人并不多。待字闺中的奶奶怎么会有那么一个很"汉子"的嗜好呢？要说娘家的家底子厚，我看也不像。奶奶的娘家在离蔡家庄西头七八里路远的薛家庄，我跟着奶奶去过若干次。大舅爷爷和二舅爷爷早早没了老婆，住在灰扑扑的房子里，家什七零八落。只有小舅爷爷做点儿走家串户的小生意，一家四口的日子稍微宽裕一些。有一阵子，四里八乡的人都在传言大舅爷爷的家里藏着一块金砖头，传得沸沸扬扬，连吴庄小学的孩子们都知道了。先是说有火柴盒子那么大，慢慢地又变成和洋肥皂一样大，最后升级为有真正的砖头那么大。这件事我印象很深，我养父曾在饭桌上半真半假地向奶奶打探过几次，但奶奶只是淡淡地笑笑，什么也不说。

我爷爷文绉绉的，打得一手好算盘，先后做过大队的总账会计和公社粮站的现金会计，早出晚归，真正在家的时间很少。屋里的一应事宜，奶奶做主的居多。她相当于一个勤劳的大总管。天不亮起床，挨个儿打理好猪羊鸡鸭，再准备一大家子的早饭。平原上的早饭是玉米糁粥。煮粥很讲究火工，大火滚透了要小火继续熬煮，粥熬得黄澄澄，稠稠的，喝起来才能唇齿留香。配粥的点心是蒸馒头片。奶奶优待我，每天额外为我准备一个鸡蛋。吃早饭的当口，豆腐佬有时拉着长音从村外一路喊过来："豆腐——哇——！豆腐——哇——！"新鲜的水豆腐蘸黄豆酱，我还能多喝一碗粥。奶奶做黄豆酱的手艺不灵光，年年做，年年出虫子。一种白白胖胖的虫子，隔着薄薄的蓝尼龙网布能看到它们在酱缸里笨拙地扭动。我们都觉得像蛆，只有奶奶坚持说它们是酱虫。既然酱是干净的，养在里面的酱虫怎么可能脏呢？——她的理论听起来倒也无懈可击。

奶奶最拿手的菜是红烧肉和番薯圆子。做红烧肉的关键是用热油熬红糖使肉着色。大火滚透，小火慢煨，肉色诱人，酥烂无比，想不好吃都难。在物资匮乏的时期，一年也吃不上几次荤腥。过年过节，借着祭祀老祖宗的名头，鱼和肉才光明正大地被迎进家门。我帮奶奶烧火，香喷喷的红烧肉一出锅她就先盛半碗端给我，让我躲在灶后面吃，名曰"尝尝咸淡"。番薯产量高，地窖里堆成了小山。连绵的阴雨天，奶奶稍微得了点儿空就张罗着做些番薯圆子。黄大头（黄皮黄心的番薯）去皮，煮熟，趁热加进适量糯米粉，弹几粒糖精（没有白糖），搅拌均匀后搓成小孩拳头大的圆子下油锅炸成金黄色即可。滚烫的番薯圆子外壳松脆，内里软糯，香甜适口，我一口气能消灭掉七八个。

坦白地说，奶奶并不精于过日子，她做什么都大手大脚，每餐的剩粥剩饭绝不会少于一脸盆。通常是上一顿剩的还没解决掉，下一顿剩的又登场了。这个颇为浪费的习惯她怎么也改不过来，家里人若是说道她，她就振振有词地反驳"多煮点儿饭怎么啦，万一忽然来了客呢？"——她有一颗随时随地待客的心。进了腊月，我们那里常有外地的"讨饭子"上门。上了年纪的老头老太太，头发乱糟糟的，斜挎着很大的一只黑布袋，默默地靠在门框上，一只手拎着"打狗棍"，一只手试探性地向前摊开。钱和吃的都行，他们不挑。要是不给，他们也没办法，磨蹭一会儿，勾着脑袋离去。我奶奶向来不让讨饭的多等，给他们点儿零钱或舀一瓢白面。白面舀得冒尖的满。倘是家里正开着饭，她还要请讨饭的吃一大碗热饭。不唯是饭，只要是桌上有的菜，她都要给讨饭的勾出儿筷子。

我们那里的大灶烧的燃料是晒干后的小麦秆、玉米秆、棉花秆、毛豆秆和稻草。别人家的柴草垛子用不完，我们家的永远不够用。不是别的原因，主要是电视机的错。这边到了烧饭的点，那边连续剧又开播了，奶奶真是太为难啦！为了两头都不耽误，她一次性地把灶膛塞满，拉响鼓风机。坐在电视机前看一段，估计柴草耗得差不多了，再匆匆忙忙地去添一点儿，继续返回看电视。我在邻居家院子里和小伙伴跳猴皮筋，邻居婶儿指着我家那火苗直蹿的烟囱咪咪地笑，说我奶奶烧大灶的水平整个大队找不出第二号。幸好我养父在大队的木料厂拉电锯，能隔三岔五搞点儿锯末回来救救急。于是，我奶奶更加不把柴草当回事了。电视看到要紧关头，早把厨房里的事忘到脑后，烧一顿饭用烧两顿、三顿饭的柴草是常态。她看电视还有个给自己加戏的习惯，比如，战争片里的反派人物举枪追击好人时，她就着急得不行，隔着屏幕一个劲儿地喊："你快点儿逃啊！快点儿逃啊！……"喊得旁边的人烦不胜烦，提醒她不要喊了，她满口答应，一转头又喊上了。看《聊斋》，她简直操碎了心，骂迷惑书生的女鬼不上道，怪沉迷于女色的书生没脑子。《画皮》里的王生被女鬼挖了心肝，她像个智者一样对着电视屏幕念叨："哎呀，我老早告诉过你，这个女人是个鬼，你不相信。这下丢了小命吧！"看完了二十五集的《西游记》，她自学孙大圣"变脸"的技能，动辄眼珠子灵活地转动两下，左手飞快地、自上而下地抹一把脸，摆出个龇牙咧嘴的造型逗我一乐。

乡村供电没个准头，电视剧播到高潮处骤然断电是常事。那个时刻，奶奶的懊恼无以言表，一步三回头地回到厨房干活儿。如果断电后很快又来了电，她的一声"哇"喊得比我还要带劲儿，兴奋得像个一夜暴富的土财主。她的骨子里始终充盈着她那个年龄层的农村老太太不多见的孩子般的开朗天真。

奶奶是一个活得很生动、很率性的人。

某一次，她看电视看得正带劲儿，忽然起身凑到电视机前倒腾什么。我们家的电视机是"三元牌"的，黑白，十八寸，一买回来就当宝贝似的保护在用木板钉成的简易柜子中。柜子摆在书桌上，底部与书桌之间有道宽宽的缝隙。我见她手在缝隙间抓了一把，飞快地向门外走去。当时并没在意，等看完电视，我随口问了一句："奶奶，你刚才怎么跑出去了？"她老人家淡定地说，柜子下面有条蛇，给她抓住尾巴扔掉了。我大惊失色，问她为什么不叫我看看。她狡黠地一笑，说一条小蛇有什么看头，以后碰到大的一定告诉我。

她是怕吓着我。

过去农村人家的屋子里有蛇不奇怪，大伙儿都默认是"家祖"，不作兴伤害它们。包括半夜来偷鸡的黄鼠狼，不算贼，是"黄大仙"，我奶奶很信奉这些。她生来吃不得大蒜、葱、韭菜，一闻到味儿就会吐得涕泪交加，躺在床上半天动弹不了。因为这个异于常人的生活习性，她认定自己有菩萨附身，能通灵。有一段时间，还真的有人一路打听过来找她"作法"。我虽然还小，但绝对不相信我的奶奶是"神仙"。她眯着眼睛唱唱念念，围着点燃的香烛蹦跳转圈，当求神的人虔诚地喝下她泡好的香灰水时，我躲在门外偷笑。因为我实在没法子把一个神神道道的老太太和我那开朗天真的奶奶联系起来。她帮我叫过魂，而且不止一次。在我连续发热且赤脚医生打针开药都解决不了的情况下，她抱着我骑在门槛上，面前摆一只水碗，碗口上蒙一张黄表纸，纸中央立一根绣花针。她一边轻轻拍打着我的背一边朝着院门的方向小声地喊我的乳名："领弟唉，回来哟——领弟唉，回来哟……"黄表纸下慢慢凝结出一个豆大的水珠。她泼掉水碗，顺手捻一点儿门槛边的泥土碰碰我的耳垂，十分笃定地说我丢掉的魂已经归位了。说来也怪，不待太阳落山，我便活蹦乱跳了。说迷信吧，怎么会次次都见效呢？说不是迷信，似乎又没有什么科学依据。也许世上的很多事情其实是没有正反和对错可追究的吧。记得就是幸福。我记得奶奶暖暖的怀抱，记得落在养父家院子里温暾的阳光，记得门前几棵高大碧绿的如同巨伞的水杉树，记得奶奶一声接一声的温柔呼喊。不管过去了多少年，只要我想，这些沉淀在光阴里的细枝末节就会像鱼儿一样，瞬间跃出记忆的海面。

奶奶和爷爷是恩爱夫妻，一辈子没有红过脸。她把爷爷照顾得很妥当，爷爷抽的烟、喝的酒随时备着，没有落空的时候。爷爷爱用豆类下酒，她就天天给爷爷炒黄豆、大豆或花生米。这次用盐炒，下回用油炒，要不就做辣五香豆，不拘泥于一种口味。爷爷性格内向，不喜抛头露面，亲戚家有红白喜事，都是奶奶出面应酬；哪怕是自己的女儿女婿家办酒席，他也不愿前往。姑姑们嫌爷爷古怪，奶奶却表示理解，说各人有各人的脾性，随他高兴。爷爷热爱我们的地方戏"通剧"。奶奶一旦听闻附近的村庄里来了戏班子，马上从箱子底翻出爷爷的新衣新鞋催他换上，又在他的口袋里塞好香烟和糖块，让他体体面面地去看戏。为了爷爷听戏方便，奶奶花大价钱给爷爷买了一台双卡录音机和几十盘通剧磁带。家务活儿干得差不多了，她就陪着爷爷一起坐在录音机前，默默地听戏，半天不挪窝。

有两个春天，爷爷萌发了"孵小鸡"的念头。他自制了一只铁皮圆筒，底部铺上厚厚的棉花垫子，十来只鸡蛋排好队，接受悬在圆筒上方的一盏40瓦灯泡的定时加温。爷爷孵小鸡是入门级，全凭摸索，鸡蛋用了一批又一批，温度掌握不到位，无一成功。那会儿，鸡蛋是主妇持家计划内一笔很重要的收入，有蛋贩子定期来村里收购。卖鸡蛋的所得一来可以换得生活所需的日用百货，二来女人们还能当私房钱藏着。爷爷失败的"实验"前后浪费了奶奶上百只鸡蛋，奶奶原本是个急脾气，偏偏在孵小鸡的事情上没唠叨半句。烘箱里的灯泡出了问题，半夜里起了火，一批鸡蛋被烧得一塌糊涂不算，搭在烘箱上的一件棉袄还给烧废了。她非但没有冲爷爷发火，反而嘻嘻哈哈地在乌黑的鸡蛋堆里找出两只完好的鸡蛋，摇醒了睡得迷迷糊糊的我，叫我"趁热吃"。

我十四岁被定居在县城的生父母接回身边读初二。生父母接回我的理由是：他们四个孩子（我有两个姐姐，一个弟弟），三个都做了城里人，没有理由把我独自留在农村。养父一家非常不舍。他们质朴、善良又大度，拒绝了我生父母的经济赔偿，说如果孩子能有更好的将来，他们绝不拖后腿。只是希望我还是他们的女儿，希望我的生父母还能让我和他们常来常往。

初中时因为学习紧张，我去蔡家庄的次数不多。寒暑假一到，蔡家庄的养父就骑五十多里路来接我，说奶奶一天到晚在家念叨我。我坐着养父的自行车回蔡家庄，奶奶早就立在屋后的路口等我，见到我，笑得眼睛眯成了一条缝儿。饭桌上摆着我爱吃的红烧肉、红烧马鲛鱼。马鲛鱼还是从吴庄代销店买来的，连头夹尾一拃来长，青蓝色的背脊，鱼身厚厚的。这种冷冻过的海鱼腥味极大，不容易烧得好。但奶奶烧的马鲛鱼麻而不辣，鲜香入味，不管冷热，年少的我都百吃不厌。奶奶去世后，我就不爱吃这种鱼了。鱼还是一样的，甚至于冷链运送下的鱼肉质量更好、更新鲜了，可一份专属于奶奶的味道却再也没办法复制了。

假期一结束，我就又要回如皋的家了。临走前，奶奶一定要做两件事。第一件事是在我的书包里塞点儿钱，三十或五十元。她说，在家千般好，出门一时难，街上有想吃的东西，你就自己买——我是个馋丫头，蔡家庄的亲人们都顺着我，我打小没受过约束，她自然不舍得我在外面过得巴巴结结的。第二件事是去吴庄代销店买两包卫生巾给我带走。卫生巾出现时，奶奶早已过了用它的年纪，我不知道她怎么会对这种自己不需要了的东西留了心。可能是小姑姑告诉她的，可能是代销店的老板娘和她聊起过。这对她来说，是一个全新的、了不起的发明。她们那一代的女人在生理期用什么呢？用布袋子包着草木灰，用老旧的棉花絮，用几层破布片，最高级的不过是粗粝毛糙的草纸。每个月的那几天，她们就要遭一桩罪，还不能有所表露。当她第一次触摸到洁白柔软的卫生巾时，她想到的，是我。她觉得，有了这样的新产品，她年轻时所承受的不安和尴尬就不会再降临到我的身上了。一辈子没有去过县城的她大概不晓得，在卫生巾进驻吴庄代销店之前,我在如皋县城里就能轻而易举地买到。或者,她根本只是一心把她认为好的东西给我。

我从来也不和她说,卫生巾的事我自己能办妥。高中的三年里,她给我买了很多次。她给我,我就收起来。

奶奶去世前的那一年,蔡家庄的两排老房子被推倒了,要重建新楼房,我也赶回家帮忙。底楼还没有盖好,有个卖寿衣布料的中年男人蹬着自行车从我家旁边的村路上经过,奶奶莫名其妙地叫住了他,又莫名其妙地买了很多办丧事的白布和蓝布。家里人都惊讶于她的举动,活蹦乱跳的一个人,买这些东西总是不大吉利。奶奶平静地对我养父养母说:"谁能长生不老?人走到头,不就是个死吗?身后的事情我先预备好了,免得到时给你们添麻烦。你们有六个姐妹,我给她们每家买的白布和蓝布数量是一样的。都是我的孩子,我一碗水端平了,大家才没有意见。"

后来的事实使我相信,人对死亡是有奇异的预感的,只不过当时还不能完全把握罢了。

奶奶患的是肺癌,检查出来即晚期,三个肿瘤各自占据了蹊跷的位置,医生排除了手术的可能。她的去留,就是时间长短的问题。姑姑姑父们轮流守在她的身边,买她爱吃的东西,陪她说话。养父托医生批的一盒杜冷丁只用了两支。她不疼,也不特别难受,我喂她喝八宝粥,她也打起精神来喝;躺够了,靠在床头打打瞌睡。她的被子底下不知道怎么会有一只拇指大小的塑料小熊,全身咖啡色,只有熊嘴是红的,应该是某个陪床的姑姑遗漏的钥匙扣挂件。她托在手心里给我看,笑得东倒西歪,咳嗽连连。她喘着气问我:"领弟,你看这只小熊长得多有意思,像不像猴子?"

她艰难换气的那一刻,我发现她的嘴唇青紫,脸明显地肿胀了一圈。我笑不出来,我的心里涌动着无限的哀伤。过了几天,大姑妈的儿媳妇临产,看到奶奶神色如常,两个姑姑陪着产妇一道去了公社医院,另外几个姑姑决定回家拿些换洗的衣服。她们走之前,奶奶正喝着稀饭,还隔着窗户嘱咐女儿们不要着急,车子骑得稳当一些。那是她对女儿们最后的关照,语气平常得与往日的任何一次关照都没有区别。几十分钟后,六十八岁的她安然地闭上了眼睛。

我妈的私房钱

这三年来我妈一共给了我四千块钱。我一年回江苏一次，一次一千块。还有一千是我小舅舅十周年忌日时，同样嫁在梁弄的我小姨娘回江苏时，我妈托她带过来的。在小姨娘家的厨房里，她把卷成筒状的红色钞票递到我手上，像一个从军事前沿完成了勘察任务的侦察员一样得意地告诉我，这是你妈妈乘着你爸外出了偷偷拿的。

刚刚从裤兜里掏出来的钞票暖暖的，它的表面是眼前这个在异乡竭尽全力待我的小姨娘的体温；表面之下紧紧压住的，是跋涉了数百公里仍然未变的妈妈的温度。

我是近年才真切感觉到妈妈那势不可当的衰老的。她戴着老花镜，耸着肩膀和我视频，我能清清楚楚地看到雪片似的白发覆盖在她的额前和鬓角。她和我聊不了几句就会把眼镜取下来揉揉眼睛再小心地戴回去，眼睛下面的皮肤松垮得如同一只小型的面口袋。她说我爸爸精明，天天买的都是又便宜又新鲜的菜；说我奶奶的老年性痴呆，一到阴雨天就会更厉害地发作；说我大姐送给他们吃的鸡蛋香喷喷的——大姐的公婆在乡下的园子里养了一大群鸡；说我二姐每逢星期天必定要来陪他们搓半天的小麻将；说我弟弟弟媳妇两口子上班又忙又累；说我侄子读书很用功。她说一段，穿插着问我几句：身体怎么样？饭吃过没？收入可还行？孩子乖不乖？村子里的人对你好不好？最近有没有感冒？……都是翻来覆去的老话了，但她每回都问得不厌其烦，像是一茬茬翠绿鲜嫩的青草，在她上一次收割之后，又蓬勃茂盛地冒在薄薄的屏幕前。

我不甘心地向小姨娘求证，我妈老了吗？她怎么一下子就老下去了呢？小姨娘说："囡唉，你妈是老了呀，她都七十多岁了，难道还不算老吗？"我站在小姨娘家的天井里莫名其妙地慌了半天的神。我和妈妈的生活早脱了节。故乡是哐哐作响的绿皮火车，我稀里糊涂地开了小差，落在一个陌生的站台上，我目送着我妈坐在其中的一节车厢里越来越远，却又甩不开膀子去追赶。

我嫁人的那年我妈五十八岁，头发乌黑，腰杆笔直，喉咙音嘎巴脆，做事干净利落。她和我小姨娘的脸庞有七分相似，两个人肩并肩走在镇中路上，小姨娘的熟人或老邻居瞄几眼我妈后，总会客气地问我小姨娘："阿珍姐，这是你妹妹？"其实我妈比我小姨娘大十二岁，她们俩都属狗，我妈今年七十四岁了。我2004年在浙江落户，这十六年[1]里至多回了十六次娘家，以一次十天计算，我待在娘家的实际时间只有一百六十天。就这匆匆忙忙的一百六十天，还要剥去其他的损耗。所以，我和妈妈真正地、不受干扰地坐下来的时间是有限的。所以，我的大脑才会选择性地越过现实中被年轮全面攻陷了的老太太，固执地保留了妈妈相对神采奕奕的中年阶段。这样的做法近似于寓言中那个掩耳盗铃的痴货，就好像只要这样可笑地掩过、盗过，我便能成功地阻止妈妈变老。只要我不和她视频，不看到那些扎眼的皱纹、白发、

---

1 本文写于2020年。

眼袋，不听到她低沉缓慢的声音，她的年龄就永远是驻足在我脑海中的五十八岁。

我妈是个标准的家庭妇女。在她纯粹的、千篇一律的主妇生涯正式开始前，她也自带光芒。她在大姑娘时代参加过公社的秧歌队，腰上系着长长的红绸带，拖着两条乌油油的大辫子，踩着"咚咚锵咚咚锵"的鼓点儿，几个曼妙的起步抬手就拨动了无数乡村小伙的春心。嫁给我爸后，我爸去了遥远的内蒙古当兵，每年只有探亲假期才能回来，她养着孩子，耕种着几亩地，还光荣地走上了大队妇女主任的位置，尽管这个妇女主任自己率先违反计划生育超生三个后自动辞职，但她的工作能力是不容置疑的。妇女主任当不成了，她在老家开了家卖油盐酱醋、红糖、糖果脆饼、雪花膏之类的日杂店。小店占了一个堂屋，货源虽然得益于后来在供销社开"大解放"的我爸，可十年如一日地经营下来，还经营得很好，这也不是随便从人堆里拎个女人出来就能办到的。我妈还会做缝纫活儿，没有拜过师傅，家里几个孩子的衣服大的改小、旧的翻新、缝缝补补，她手到擒来。乡村妇女人人会织毛衣做鞋子，这没什么好显摆的，可我妈织出来的毛衣和剪出来的鞋样儿向来是庄邻们借出去照着做的样品。

如果我能钻进时间的虫洞把正当好年华的我妈领出来放到眼下这个激流滚滚的社会里，我妈可能是个业务能力强大的超市经理，可能是个手艺精湛的服装设计师，可能是个中大型饭店独占鳌头的厨师长，她可能有一切的可能，反正像她那样灵巧的女人不会平平淡淡地栽在人群里。然而她嫁给我爸的这大半生里，前十多年凝聚而成的那些自然丰沛的颜色被压实在光阴的箱子底，再无重见天日的机会。

她天不亮起床，在我们上学前已经洗完了全家人的衣服。她待得最多的地方是厨房，为我爸熬他爱喝的玉米糁粥，炒我们爱吃的菜，在家中待客的当天挽起袖子忙着切肉杀鱼。她煮的红烧肉酥香入味，令人百吃不厌。她烧鱼的功夫尤其了得，那么大的一条鱼就在煤饼炉子上搁着的一口小锅里慢慢煎煮，出锅后的鱼全须全尾，鱼皮一点儿没破。鱼上了桌，我爸举着筷子招呼客人："来来来，趁热尝尝鱼，许桂芳没有别的本事，红烧鱼倒是她的拿手戏。"

就我爸的这句亦褒亦贬的话，我妈听得还很高兴。

我常常和我小姨娘说，要是我妈嫁的不是我爸，她也许就不会过成这个样子。我和我小姨娘感叹着"这个样子"的我妈：不外出挣钱，天天围着井台灶台转，没有大的话语权，不知道我爸的存折藏在哪儿，更别提经济的支配权了。由衷地感叹过后，小姨娘又替我妈欣慰：她无须起早摸黑地谋生，不用风里雨里地往前冲，不会为下个月的油米钱和孩子的学费发愁，即便摊上盖房子买房子这样的大事，也轮不到她操心。用浙江方言定义我妈的生活，叫"笃定"。我们江苏话显得含蓄一点儿，叫"坐在高岸上"。

我妈稳坐在高岸上的后三十多年越发地映照着我和我小姨娘在他乡深水区里努力扑腾的辛苦。我小姨娘二十一岁时经熟人介绍嫁给了大她十六岁的小姨父。小姨父是个老实人，淳朴善良，一天到晚只知道埋着头在田里收收种种，天晴落雨没关系，不冲走他的几块地就万事大吉。他热爱和蔬菜瓜果打交道，家里的大小事宜全凭我小姨娘一手安排。我的运气还不如我小姨娘，在婚姻的泥石流里手脚并用地扑腾了十三年，鼻青脸肿地带着娃爬上岸，自此安心地做中年离异妇女。而我爸我妈的婚姻则和我、我小姨娘的婚姻有着天壤之别。

我爸是个极强势的人，他的强势是无处不在的空气，以漫天之势渗进他和我妈相伴的全部缝隙。我妈有兄弟姐妹七个，她是女孩中的老大，在她的阵营里本来也是个说一不二的强硬派，可在我爸那里简直不堪一击。我爸在把一家人的户口迁到县城时就一刀剪掉了她的翅膀。我爸在内蒙古当过多年的兵，国家规定可以给转业军人的家属安排工作。那会儿我妈要是进了厂，学了某项技能，不管收入多少，她至少有一个板上钉钉的工人身份，她极可能在新的环境下大放异彩。关键时刻我爸大手一挥："我长年累月出差在外，你再去工作了，我一身泥一身汗地赶到家，恐怕连个热汤热菜也吃不上，几个半大的孩子没人照看着行吗？还不翻了天！你放心待着吧，家里的一切我会安顿好的。有我一口吃的，绝不会饿着你们娘儿几个。"

实事求是地说，我爸有超强的责任心和部署生活的能力。假如卷面分是一百分，我爸这一生交给家庭的答卷至少达到了八十五分。我爸单位里基本是双职工家庭，我爸一个人赚钱，养着比别人家还多的孩子，我们却从来没有一点儿受穷受窘的记忆。别人家有的，我家也有；别人家没有的，我爸有本事赶在别人家前面置办好。与我爸能力相对应的是他的脾气。他脾气暴躁，生气了，瞪起两只"牛眼珠"教育孩子的样子非常有震慑力。他训人不限数目，有着和原子弹一样广大的辐射范围。小我一岁的弟弟犯了错，他先抓住我弟弟大声呵斥，我们站在旁边的几个还没来得及偷着乐，我爸严厉的眼神就千军万马般地横扫过来了，包括我妈在内，一个也逃不掉他的军事化训话。他把部队的那一套统统搬到了家里。他是首长，我妈和我们是他手下的兵。他一个月有大半个月在外跑运输，他不在，"解放区的天是明朗的天"；他的蓝色大卡车一停到县社大队的楼下，我们立刻开始紧张兮兮，恨不得像老鼠一样沿着墙根儿溜着走。

我爸的强势宛如一把双刃剑。一方面，他是令我景仰的顶梁柱式的人物；另一方面，我又对他的大家长作风敬而远之。直至今日，我和我爸的关系都很疏远。我不敢和他多说话，说什么心里都是惴惴不安的。他让我做什么事，我的第一反应永远是心慌气短，生怕做不好要被他劈头盖脸地打击一顿。我结婚后，他和我妈来看我，住在我小姨娘家。即使是来做客的，我爸的脾气也毫不收敛，批评我、批评我妈的气势真是不减当年。

我小姨娘说,也就是你妈受得了你爸的臭脾气。我也不止一次地觉得我妈这一辈子真的很遭罪。可我妈对婚姻有自己的见解,她说:"你爸只是脾气不好,说话冲,别的都通得过。过去农村里条件差,大部分人家一年到头肚子里难得进几滴油水,你爸怕你们没营养,隔三岔五地就从县上送点儿肉回家给你们改善伙食。他在外面跑车,满心想着翻盖房子,逮着机会就筹备盖房子的木材水泥,像蚂蚁一样一点点地往家里囤,村子里数我们家先住上气派的新瓦房。和你爸一起退伍的人,到现在家小还窝在农村里呢,可我们一家早早地进了城。还有你,你小时候差点儿被送到飞机场的军官家做养女,那户人家原籍是甘肃的,我倒是没什么想法,你去就去吧,是你爸坚决不同意,生怕他们转业回去把你带走了,他想看你一眼也看不到。我嫁给你爸,没饿着,没冻着,没有欠别人家的债还不起的时候。他不抽烟、不喝酒、不打牌,一件衣服穿好久也不舍得换新的,攒钱都是为了把我们家的日子过得更好。这样的男人不多,我对他很满意。"

我和我小姨娘相视无言。毕竟过日子的是我妈,不是我们。婚姻的主观感受最具说服力，旁观者的评论不算数，我妈说好，就是好吧。我年轻时很抵触我爸这种性格的人，抵触我爸我妈这种模式的婚姻。结婚后才慢慢地体会到，我妈在婚姻中的弱势不是我想当然的"被迫"，她的"弱"是心甘情愿的。

我在娘家有我妈托着，我又是夹在两个姐姐和一个弟弟之间的三姑娘，家里诸如洗碗、抹灶、扫地的活儿轮几圈也不一定轮到我头上。嫁了个男人却彻头彻尾降格为老妈子。镇上的人见我开着铃木125摩托车呼啦啦地从几十公里外的批发市场背着几箱货回来，骡子似的，都咂着嘴表示惊讶："哇，阿三，你好能干啊！"我哈哈地假笑几声，心里却弥漫着巨大的悲凉。我这种所谓的"能干"是被逼上梁山的，往根子下挖，那些佝偻成小小一坨、内容不详的灰黑色复合物才是可怜巴巴的一个本我。

说实话，我不热爱这样的"能干"。

我私下里偷偷问过我妈，爸爸都不把钱交给你管，你心里难过吗？我妈回答，这有什么好难过的，他给我吃给我穿，生病了给我看，家里的一切他管着，我一点儿不用操心，我非要管钱干什么？

不得不说，我妈活得像个智者。这个智者有个很俗的爱好是打麻将。她打麻将的钱我爸给她一部分，我姐我弟过年过节或她的生日给她一部分。她赢了输，输了赢，竟然也一千一千地囤起来了。我回娘家，我爸被我排挤到另一个房间去，我和我妈睡他们俩的房间。睡到半夜，耳朵里隐约听到窸窸窣窣的声音，我迷迷糊糊睁开眼睛，借着窗户外透进来的光看到我妈蹲在地上翻我的行李包。我妈见我掀开了被子张望她，一把按住我："不要动，我准备了一千块钱给你的，塞在你的包底下。"我说："你干吗呀，你自己又不挣钱，哪来的钱啊！"我妈神秘兮兮地一笑："这是我的私房钱，你在外地一个人养着孩子，难啊，我能帮一点儿是一点儿。"我窘得不行也难过得不行，提高音量反复申明："我不要你的钱，我真不要你的钱，你自己留着用，留着用。"我妈连忙指指房门，摆手制止我："我又没地方用，你快别烦了，不然你爸要听到的。"

我爸在隔壁房间咚咚地捶床沿，含糊不清地抱怨："这大半夜的，你们俩还在讲什么废话？明天不好说吗？还让不让人睡觉啦?"

我妈放好了我的行李包,像完成了一桩惦念已久的大事。她满意地钻进被窝里,不一会儿工夫就打起了响亮的鼾声。

姐姐

我没有去电影院看过电影《我的姐姐》。但我有两个亲姐姐，也做着没有血缘关系的姐姐，走进婚姻后，还叫了十来年别人家的姐姐。

我的大姐陈静比我年长十岁。从年龄上看，她是当之无愧的长姐，但在心理上，我觉得二姐陈爱华才是真正的长姐。我这么说，并没有贬低大姐的意思。大姐幼时生过一场死里逃生的大病，所以家里人对她格外照顾。时至今日，若是她有些事情做得欠妥当，我的父母都会习惯性地帮她挡上一句："你们不要和她计较，她身体不好啊！"

不唯我们家的人如此，大姐嫁了大姐夫后，过的更是备受呵护、自由自在的日子。在她的小家里（她的公婆定居几十里外的乡镇),在我那敦厚老实的大姐夫面前,她既是要风得风要雨得雨的"女王陛下",又是可以毫不违和地撒娇卖萌的"软妹子"。他们结婚三十多年,我大姐夫长期一个"随她哟"的三字表态,护妻立场坚定得稳如泰山。

在娘家是被悉心关照的姑娘,在夫家是备受宠爱的妻子,这样的一个女人又怎么可能进化为一马当先、英姿飒爽、冲锋陷阵的长姐呢?

我大姐最大的优点是心软,不记仇。上午我还扯着喉咙冲着她噼啪噼啪开火,把她弄得眼圈发红,下午她就忘记了妹妹的嚣张无礼,在家忙着煮些好的给我吃。她见我一次,怪我一次:"谁让你跑到那么远的地方去的?要是住在近处,来我家吃点儿东西多方便!"我们俩欠缺别的共同语言,搭伙逛街都能半途闹崩分头走,谈起吃食来却是空前绝后的和谐。大姐烧的每一样菜都好吃极了!

我的父母育有四个孩子,大姐比二姐大六岁,二姐比我大四岁,我比弟弟大一岁。如果只看这一串孩子的性别结构,想当然会以为儿子最娇惯。事实上,我的父母从来没有重男轻女的行为。我三岁时去了蔡家庄养父家,十四岁回归生我的大家庭。那时大姐已经出嫁，家里就我们三个孩子。傍晚放学，假如厨房里还有早上吃剩的一个冷烧饼，母亲都要用菜刀切成均等的三份。至于烧饼面上芝麻粒儿的多少，就看各人的运气了。我前两年回娘家，姐弟几个回忆起小时候的事情，我弟弟还在抱怨我母亲，说他上小学穿的是姐姐穿不了的破裤子，臀部位置打了方方正正的补丁，班上的小朋友都笑话他屁股上长了台电视机。我父亲是行伍出身，脾气急躁，但他在女儿和儿子的教育上还是不同的。女儿犯错了，眼神震慑为主，言语呵斥为辅；儿子闯祸了，"毛栗子"与"铁砂掌"齐飞，非得把两瓣屁股揍成一个颜色。在这样的氛围下，我弟弟压根儿就和"金贵"二字无缘。没有受过特别优待的他三观很正，成年后独立、稳重、有担当，工作和家庭兼顾得很好。

在外人眼里，他不像我弟弟，我倒像他的妹妹。他也没有把自己安置在一个"最小"的位置上。除了在我大姐的名字后加个"姐"字，对我二姐和我，他一向直呼小名，叫得很顺口。说实在的，即便他真的叫我姐姐，我还觉得难为情呢，不如叫名字来得自在。

二姐本名陈霞，因为读初中时有个同班同学也叫陈霞，任课老师点名，诸多不便，遂改了名，叫陈爱华。

我读小学时，生父母及姐姐弟弟已从乡下老家搬进了如皋县城，住在西北城角县社车队的大院中，唯我在蔡家庄养父母家生活。

八九十年代，城乡差别很大，不要说小孩子了，就是成年人，几年也不见得能去一趟县城。一个土里土气的农村孩子若是到"城里"去走亲戚或小住一段，都是值得在小伙伴面前显摆的经历。

每逢放暑假，生母便差遣读初中的二姐来蔡家庄接我去如皋过些日子。从如皋县城到蔡家庄，五十多里路，一小半是坑坑洼洼的泥巴路，一大半是平坦的柏油马路。十四五岁的二姐骑着一辆"二八"自行车，我坐在后座，牢牢揪着她的衬衣两侧，轻易不敢放手。我们多数是吃好早饭出发，沿途不紧不慢，到了如皋，刚巧赶上妈妈的午饭。记得有一次是下午启程，天气炎热，也没有风，在一个叫桃园的地方，路边有个卖凉茶的摊子，五分钱一杯。二姐跳下车给我买了一杯，站在一旁看着我咕咚咕咚地喝下，继续上路。

说实话，虽然挤进了"城里人"的行列，但生父母一家人在如皋的居住环境其实很逼仄。一栋平顶的宿舍楼有三层，每层四户人家。爸爸妈妈家在二楼，那一大一小两个房间加起来，拢共才三十多平方米。没有厕所，公共卫生间在楼梯口的拐角处，用的人多，打扫的人少，极不干净。

大姐已结婚，嫁的是我爸爸同事老朱的儿子，婚房也在二楼，只是和爸爸妈妈家隔了一户孙姓人家。在外甥没出生前，大的一间住着大姐、大姐夫，小的一间里住着比我小一岁的弟弟。弟弟的床边放着一张黑黢黢的煤气灶，不过，平日里也不怎么用到它。妈妈烧饭一般在阳台上，用一只矮矮小小的煤饼炉。上午十点后，妈妈在煤饼炉上叮叮当当地炒菜，汗流浃背。煤饼炉整日不熄，不烧菜了，封住炉门，上面坐着一只灰扑扑的铝水壶。到了傍晚，妈妈抬头看看墙上的挂钟，打开炉门，煮爸爸最爱吃的玉米糁粥。玉米糁粥要慢火熬煮。一锅粥熬好，妈妈满头满脸的汗珠。

外面一间既是爸爸妈妈的卧室，又是吃饭的地方。偶尔来了客人，爸爸得赶紧把吃饭的小圆桌朝床边挪一挪，以便客人能坐得宽松、舒服一些。里面的一小间里有自来水龙头,方方正正的水池是水泥浇筑而成的。一台老式的、淡绿色外壳的小天鹅洗衣机,一张小小的供二姐写作业的圆桌以及一张窄窄的木床。光是这几样东西,也把房间的门卡得无法完全打开。

我在如皋的那些日子,就和二姐睡在那张窄窄的木床上。妈妈勤劳,善于起早,不等天亮,她就弓着腰在水池边洗衣服,咔嚓、咔嚓……洗完了还要用洗衣机甩干。老式的洗衣机动静惊人,呼呼啦啦,震得我们的小床都在颤抖。

我被洗衣机的噪声惊醒了,眯着眼睛,一动不动,听见妈妈附在二姐的耳边轻轻吩咐:"华儿,我买菜去了。洗衣机停了,你把里面的衣服晾出去哦。"

暑假快结束了,还是二姐蹬着自行车送我回蔡家庄。二姐那会儿扎高高的马尾辫,穿一条咖啡色的麻纱王西裤,浅黄色的衬衣扎在裤腰里,脚蹬白色运动鞋,颇具城里姑娘的范儿。

爸爸调到法院上班后,我们一家终于分到了一套正儿八经的房子。一楼,两室一厅,厨房、卫生间齐全。爸爸妈妈一个房间,我和二姐睡东边的房间。弟弟的睡房是爸爸想办法在院子里另盖的一间小平房。

二姐职高毕业,爸爸托人帮忙把她安排进了我们如皋市当年最红火的企业,算在编的正式工。在那里,她和我二姐夫相识了。爸爸妈妈希望自己的女儿能嫁得好一些,二姐夫的家境学历都一般,干的还是临时工,委实不是我爸爸理想中的女婿人选。但二姐却违背了爸爸的意愿,坚定地与二姐夫走到了一起。

我问过二姐,爸爸单位的同事那时给你介绍的对象条件都远胜姐夫,有会计,有教师,还有医生,而姐夫只是个普通流水线工人,你就没点儿想法吗?

二姐解释道:"一天下班后,我在开会,你姐夫(当时只是追求者)躲在办公大楼的角落里等我。我下楼时,他急匆匆迎上来,不慎碰倒了一旁的铁架子。铁架子重重砸在他的手上,流了一大摊血。我当时吓坏了,觉得不接受他的追求,实在对不起他受的伤。"

爸爸为二姐私自找对象的事情大发了几次脾气,见二姐不为所动,再加上我二姐夫忠厚质朴,也就半推半就地同意了。二姐手巧,有耐心。结婚前,她白天在厂里上班,晚上坐在床上织外贸毛衣挣零钱。外贸毛衣是从熟人处领来的手工活儿,织一件不过几块钱。夜深了,我都美美地睡了一觉了,二姐床头的台灯还亮着。我喊她:"姐姐,你怎么还不睡?"

二姐嘟起嘴,嘘了一声,伸手帮我掖掖被子:"小声点儿,不要吵醒爸妈。你睡你的,我挣了钱给你买好吃的。"

二姐夫的家在郊区,离爸爸妈妈的家不远。二姐结婚后,傍晚下班后依旧顺道过来,吃一点儿妈妈做的饭菜或带些熟食点心给我们。她哪一天不露面,爸爸就不习惯,立在院门外,怅然若失,嘴里嘀嘀咕咕:"华儿怎么还不来?"

妈妈说:"你想想通吧,女儿有自己的家了,哪能天天朝娘家跑?"

话虽如此,我生病的那一年,全是二姐代替妈妈给我送饭。医院偏远,要穿过多个繁忙的十字路口,妈妈的车技不灵,二姐生怕妈妈有什么闪失,硬是挤出上班前后的时间来照顾我,但凡我想吃的食物,不管价格如何,她马上办到。下雨天,二姐带我去医院打针,我坐在二姐的"新大洲50"后面,二姐骑一段,就反手拉拉雨衣,摸摸我的腿,看有没有被雨水打湿。

二姐那会儿自己也才算是一个大孩子，可是，她照顾我的样子明明像极了一个小妈妈。她照顾一母同胞的手足，照顾日渐衰老的父母，还捎带照顾我那九十三岁的奶奶，利用休息天来帮奶奶洗澡梳头、整理房间。奶奶摔伤了腿住院，她一有时间就来陪床。她和我视频，说我们的大姐身体不好，我又嫁在几百公里外的异乡，弟弟毕竟是个男孩，诸多不便；我们的父母也是七十多岁的老人了，她多担待点儿，父母就少一点儿受累。

我常常在想，我们家的四个孩子重新排序一下更合理：二姐晋级为长姐，弟弟插队到前面，大姐和我是不派用场的妹妹。

二姐的个子是我们姐弟四人中最矮的。妈妈说，二姐是小时候营养够不上，受了折才没长高。母亲还说，当初本来是想把二姐给我蔡家庄的养父母做女儿的，我养父母怕七岁的她养不熟，所以才换了三岁的我。

我在家中是百无一用的老三，到了蔡家庄，命运反而摊派给了我一个做姐姐的机会，只不过我这个姐姐形同虚设。

在江苏当地，像我这种性质的抱养姑娘起"压头"的作用。我的乳名叫"领弟"，寓意不言而喻。我进驻蔡家庄四年后的一个冬天，弟弟出生了。蔡家庄的爸爸妈妈善良豁达，没有当着我的面说过一句"你是姐姐，要让着弟弟"之类的话。因为我在奶奶的枕头上一直睡到十三岁，我觉得爷爷奶奶甚至更偏爱我一些。我的童年没有受过半点儿委屈。吃的、穿的、用的，有我的就有弟弟的，有弟弟的就有我的，用不着两个孩子抢。出门走亲访友，养父的自行车大杠上坐着弟弟，后座上坐着我，一个不落。

我和蔡家庄弟弟真正相处的时间没几年，等我回到如皋县城后，就只有节假日能碰个面，彼此脚下的路慢慢地岔向两个方向。他在外上学，在外上班，偶尔蜻蜓点水式地回一下家。成了家，仍是去留无影踪，稚子哭得撕心裂肺也留不住他，不知道究竟在忙些什么。不问，他不说。问了，他也不说。性格冷僻到几乎是单方面地割断了和家人的联系。我想象不出在我们脱节的那些年里，是什么原因促使他蜕变成一个我完全不了解、完全陌生的弟弟。前几年，我还拨拨他的电话聊几句。现在，我手机拿在手上，一遍遍翻看着通讯录,却迟迟不摁下通话键。我的心底依旧惦记着这么个弟弟,忘不了他曾经无忧无虑的笑脸,忘不了他和我一起奔跑在乡间小路的样子,忘不了他喊我的一声声姐姐。人间仓促,白衣苍狗。我没有活成他的表率,没有给过他什么实质性的帮助,我仅仅是空担着姐姐的名头而已。2021 年的正月初一早上,我给他打了视频,他当时没接,后来也没有任何回应。或许,三十七岁的他已经忽略了有过姐姐的事实吧。尽管,我们也手拉过手,头挨过头。

也许,我生来是个情淡缘浅的人。家里的姐姐对我那么好,我还是阴差阳错地远嫁外乡。和蔡家庄的弟弟走到默默无言的地步,我这个做姐姐的有着无法推卸的责任。落户到浙东小镇,我喊了前婆婆的两个女儿十多年的姐姐,却终究不是她们真正的妹妹。

和朋友聊天时,会不可避免地触及半途而废的婚姻。很奇怪,在那种情形下,我愿意客观诚恳地去讲述的并不是前夫,而是前夫的大姐。我和前夫结婚,是他的大姐一手操持的。她家原先在市区有一套六七十平方米的顶楼小房子,前夫的父母说安排好了做我们的婚房,我没去住,前夫当单人宿舍住了十多年。我生孩子，是他的大姐亲手把七千块钱交到我手上的。我临产前一个月，左手中指发作严重的甲沟炎，还是他的大姐领着大腹便便的我去了梨洲医院，出钱出力，输液三天，好歹保住了我的手指。儿子小时体弱，三天两头生病，他的大姐曾请了假过来协助我，跑前跑后地付钱拿药。这两次后，无论一个人带孩子就医多不方便，我都没有再麻烦过她。在娘家时，父母亲就一直教导我们自己的事情尽量自己解决，别轻易惊动别人。哪怕是最亲近的人也有自己的生活，任意打扰便是无形中的为难。

我在前夫家十三年，和他大姐说过有限的几次话，去他大姐家的次数有三四回。她把家打理得干净有条理，一看就知道是个踏实过日子的女人。她平常回娘家，次次满载而来，父母吃的、穿的、用的，没有一样是她想不到的。逢年过节，娘家所需的一应物资她承包了十分之九；带父母外出旅游，鞍前马后，无一不妥；包办了她父亲的一份养老保险金，电话打过去，钱火速送达。父母几次生大病住院都由她主掌全局，出钱的是她，跑腿的是她，陪护最多最细致的还是她。老宅屋顶漏得不成样了，为了让父母住得安心，她换新了整体的屋面。不夸张地说，除了电视剧里演的，现实生活中我没见过这么竭尽全力为娘家付出的女儿。经济条件允许是一回事，关键是用心。她对娘家如此大方，自己却很节俭，几年的衣服鞋子也仍穿着。我对她的评价是"人好"，花里胡哨的词配不上她。离婚前，我由衷地钦佩她；离婚后，我和儿子在饭桌上也多次谈起她，让儿子知晓她可贵的品格。所以，我的儿子格外尊敬她。

我和她关系收尾是在我与前夫将要离婚之际，她打电话来指责我，我当时很难过，想不到她对我竟有那么多的不满。后来我也释然了。她不了解我，是她的事；我理解她，是我的事。她没有做错。在她的原生家庭中，她不是女儿，不是姐姐，她是被那个家中所有人仰仗着的一家之长。一个身负重任的、慈悲的大家长，又怎么忍心呵责在她面前表现得一贯温顺谦恭的"孩子"呢？我在她的身上，真正地体会到了"长姐如母"。这种感觉就像是处于不同阵营的两个派系：我很明白这辈子不会再和你有交集了，但丝毫不妨碍我对你心存十分的敬意。

我居住的小万家村的四周全是颇具规模的樱桃地。我嫁到这里几年后的一个早春，二姐特地驱车几百公里来我家附近农场购买了数十株樱桃苗，令人意外的是，修剪得长不及二尺的樱桃苗通通在如皋顺利扎下了根。不过十年左右的光景，站在二姐家楼下的那一棵樱桃树已经是远近闻名的"树魁"了。

十多天前，我中午从菜市场归村，给二姐发了几张村路两旁挂满果实的樱桃树照片，问她："你们家的樱桃咋样了？"

二姐说："还没熟呢。"

江浙两地有温差，梁弄的樱桃都大面积地红了，在阳光下闪动着诱人的光泽，如皋的樱桃还是浅浅的橙色。二者至少相差了半个月。

我说："樱桃必须得养透了才甜，不然不好吃。"

二姐说："樱桃熟了也是个问题，树太高了，不大好摘。"

我说："当初你们为什么没压枝呢？压了枝，樱桃树便不会疯长到摘不到果实的高度了。"

二姐说："我们小区里，现在就数我家的樱桃树最高，树冠最大，最有气势，把人家的那些果树一股脑儿地比下去了，我婆婆可高兴了。哎哟，随它去吧！"

二姐还说，本来小区里静悄悄的，没太多的动静，可樱桃泛红的那些日子，不知道从哪里飞来的鸟儿，大的去了小的来，小的去了大的来，从早到晚叽叽喳喳地闹腾。烦人得很哪！

我说："鸟儿最爱吃红樱桃。可能方圆几里的地方只有你们家一棵樱桃树，如今的鸟儿鬼精，会搞信息传播，一传十，十传百，不就全知道了吗？"

二姐笑着说："所以嘛，我们不管樱桃熟没熟透，摘一点儿算一点儿，否则小鸟们一颗也不会留给我们啦！"

我在小万家村仅有可供容身的三间小房子，再没有办法给一棵樱桃树安排个立锥之地。樱桃成熟了，左右邻居们都给我送来了樱桃。我诚意地致谢。

邻居们走了，我捧着白瓷碗坐在屋檐下慢吞吞地吃樱桃。小溪对面的樱桃树在春风中轻轻摇摆，几只长尾巴的蓝色大鸟扑棱棱地围着樱桃树不停地打转，婉转地唱着歌。

婚姻的支点

2021年回娘家住了十来天。返程的前一天晚上,我和父母亲坐在客厅里闲聊,父亲很认真地叮嘱我:"你还年轻,又独在外乡,如果能碰到合适的男性,完全可以再结婚,组建一个家庭。"

父亲话音刚落,七十多岁的母亲就慌慌张张地跳出来阻拦:"不要再结了!结什么婚呀!有什么好结的!"

父亲尴尬地翻了个白眼,一反常态地没就地"镇压"母亲。我则龇着牙安抚气鼓鼓的母亲:"放心,放心,我知道。"

父亲比母亲小两岁。从血缘关系上讲,他们俩是拐了两道弯儿的表姐弟;从唯心的角度讲,一个属老鼠,一个属狗,生肖犯冲。有个歇后语,"狗拿耗子——多管闲事",就很形象地概括了我父母的关系。他们的婚姻模式较为传统，男主外、女主内。相伴的五十多年里，翻盖、转换过四次房子，养育了三个半儿女（我十四岁前在我养父家生活，算半个），各自生过几次有惊无险的大病，开刀、做手术，风风雨雨，一路走来。要说他们的婚姻不好——全须全尾得快接近白头偕老的地步了，好像也不算不好；要说他们的婚姻好，在我父亲劝我"再找一个"时，母亲激动地"否决三连"又清晰地暴露了"十分抗拒"的讯息。

外婆早逝，我母亲是家中老大，后面还有大小六个弟弟妹妹。她聪明、能干，模样周正，待字闺中时是乡宣传队的骨干分子，明里暗里仰慕她的小伙子不在少数。和我父亲结婚，是我外公的安排，她本人并不愿意，但父命不敢违。我父亲年轻时其貌不扬，调皮捣蛋，在村里颇有些"名气"。父亲婚后没多久去了外省当兵，八年间回家探亲的次数屈指可数。母亲一个人在家既要手脚并用地侍弄几亩农田，拉扯几个孩子，还是村里的妇女主任。父亲转业到地方，一家人搬迁到县城里，转业军人家属本可以优先安排进厂，父亲却不同意我母亲去工作。

过去的工人基本上是"三班倒",免不了要影响正常的生活节奏,他认为我母亲必须以家务、孩子为重。母亲虽有诸多不情愿,还是顺从地成了一个整天围裙不离身的家庭主妇。正值壮年的父亲强势凌厉,他的工资收入不上缴给母亲,只是按月拨出家用,维持着家庭稳定有序地运转。他们也吵架,为了各种各样的事情,但忍让退步的一方,永远不会是我父亲。母亲在夜晚暗自垂泪一场,第二天的早上又像什么也没有发生过一样,神色如常地和邻居们说说笑笑。

在倡导女性策马驰骋的时代,我母亲就是个不配获得同情的失败者。毕竟,钱包才是女人的胆量啊!她依附于我父亲,经济不独立,没有底气,一生理所当然地被打压。

在我熟知的至亲中,活得与我母亲截然相反的,是我的小姨娘。小姨娘比我母亲小一轮,二十一岁远嫁浙东小镇。婚后没几个月,小姨娘被队里安排进了联办厂学车工。她悟性高,很快上手,能得到和资深工人同等的待遇。在很长的一段时间里,小姨娘的工资承担了家里的大小开支。两个儿子渐渐长大,用钱的地方越来越多。联办厂的效益又逐年下滑,日子越过越窘迫。小姨娘及时做出了改变,不顾姨父的强烈反对，离开了其时还未完全败落的联办厂，提起篮子和秤杆，做起了走街串巷的小贩。有了微薄的本钱和人脉后，小姨娘在小镇菜市场租了一个小小的摊位，主营自己手工制作的食品。我来浙江的头一年，她还在卖油焖笋和烤麸，每天凌晨起床烧煮，天还没亮就匆忙赶去菜市场，一直忙到中午十二点多才收摊；午饭后顶多休息个把小时，接着投身于日复一日的忙碌中。几十年里，无论是日常小事、亲戚之间的人情往来，还是诸如每年一度的摊位投标、盖房子、儿子上大学选专业之类的大事，偏好在田间地头劳作的姨父往往不知所以然，都是小姨娘拍板。

我在异乡落户的这些年，小姨娘如同我的母亲，给予了我无微不至的照顾。她温婉、明事理，是少有的让我心服口服的女性。大年三十，我去小姨娘家吃饭。八十岁的姨父抿了一口小酒，与我旧话重提："阿三啊，你也不要太固执，碰到合适的人，就再找一个。"

小姨娘摇摇头，笑而不语。但在送我出门时，她小声地说："其实自己过也蛮好的，再找人，没多大的意思。"

大权独揽的我父亲和唯妻子马首是瞻的我姨父数次建议

我重新"找个人",是因为他们是婚姻的得利者。他们在婚姻中确实诚意地付出了,但得到的,也远远超过了付出。这两个男人,一个在婚姻中达到了最大程度的自我,一个有幸保留了绝大部分的本我。所以,他们才认可婚姻的价值。

不独立的我母亲和主家理事的我小姨娘不希望我再次踏进婚姻,是因为她们参透了婚姻的实质,心里堆积了半生的失望,又无能为力。我母亲的被迫"退化"与我小姨娘的快速"进化",说到底,都不是她们的主动选择,而是不得不做出的忍让与牺牲。她们从来不说,也不去想"离婚"这个词。四五十年代出生的女人,习惯于把婚姻的完整性展示给亲朋好友看,并始终认为这是一种责任。

前一段时间,嫁在另一个乡镇的老乡小雨带着父母来我家里串门。两位老人年前从如皋赶过来陪女儿过年。我留他们一行人吃晚饭,给老人家煮了家乡味的玉米糁粥。饭吃到一半,七十多岁的小雨父亲忽然把手中的粥碗搁到桌面上,重重叹了口气,问我:"你大老远地嫁到这儿来,就是过这样的日子吗?"

我明白老人家口中"这样的日子"是什么意思,他和我父母年龄相差无几，心里盼望的，只是小辈的圆满。我知道老人家叹气是心疼我，心疼我独在他乡，孤单清苦。

似乎一个女人，掀掉了"家庭"这顶大帽子，余生就只配得到他人怜悯的目光。可这世间许多桩外表一片祥和的婚姻，真的就是女人的无忧避风塘吗？又有多少女人，像我母亲、我小姨娘那样，终其一生都在忍着皮开肉绽的疼痛求证着一个支点。父亲在我母亲眼里：脾气差、心眼儿小、不讲理……数落到最后，"他顾家"是永恒的结语。她用力地强调着这一点，脸上满是庆幸，宛如黑夜中一只靠着屁股上一盏朦胧小灯笼飞行的萤火虫。小姨娘则很少在我面前说道姨父。大概是我来浙江的第三年，一个初秋的雨天，我们相向而坐，她低声地坦诚了日子深处那些点点滴滴的辛酸，泪水悄然落下。擦去眼泪，她依然笑着给我姨父盖上"特别勤劳"的好人印章。

我曾经觉得这两个与我关系最亲密的女人是可怜的，后来又为她们庆幸。至少，她们的婚姻中还有一个坚实的支点，即使很小很小，但还可以支撑着、慰藉着她们那颗沉甸甸的心。

姨奶奶

我奶奶有个妹妹，我叫她姨奶奶。

姨奶奶幼时出天花落下了后遗症，脸上有麻子。

麻子也是分轻重的！有的人就脸颊上一点点，麻子窝还浅浅的，是白麻子。倘若眉眼长得好，白麻子反而更添神韵。有的人麻子稀稀疏疏，一张脸平均下来麻了小半张，倒也不算太过分。姨奶奶的麻，是真正的密密麻麻，从下巴尖到发际线，麻子坑一个挨一个，根本找不到一点儿平整的地方。

我小时候不懂事，倚在姨奶奶的怀里还要用小手指去戳她的脸颊。戳几下，嬉皮笑脸地问她："姨奶奶，你的脸疼不疼？"

"不疼。"姨奶奶笑眯眯地说。

其实姨奶奶笑或者不笑,在她的麻脸上并无多大区别。但我知道姨奶奶真的是在笑,她的眼睛亮晶晶的。

姨奶奶有一双细长的丹凤眼,眼梢微微往上吊着,眼睫毛很密、很长。所以,不管她的脸上有多少沟沟壑壑,别人都会不由自主地被她那含笑的眼神吸引。

奶奶说:"谢天谢地,好歹老天爷给了明华一双漂亮的眼睛!"

姨奶奶的名字叫明华。

奶奶还说:"要不是明华是个大麻子,怎么会嫁给元俊那个败家子!"

"败家子"三个字也是背后用用的,真要是聚了头,还得看在姨奶奶的面子上客客气气地喊他一声"元俊"。

我爷爷奶奶有六个善良朴实的女儿,年龄间距不大,蹬梯子似的。今年这个订婚,来年那个就有人登门提亲了。过个年把,又要着手筹备嫁妆了。结婚是一辈子的大喜事,父母都要竭尽所能地为女儿操办一场。还有搬新居(俗称"上园"),噼里啪啦地放爆竹和百子鞭,站在屋脊上抛印了红点子的大馒头，宾主尽欢吃上梁酒。还有做寿，乡下人很看重整生日，四十岁、五十岁或六十岁，年龄越大，越要办。饭菜很讲规矩，头一天中面（午餐八个冷盘、四个热炒、两高脚碗馒头，吃汤圆、吃阳春面）、晚酒（晚餐十个冷盘、四个热炒、十大碗硬菜——鸡鸭鱼肉以及各类扣菜，吃大米饭），第二天的中午，还有一顿马马虎虎的"散席饭"。

乡村里诸如此类婚丧嫁娶的事情，隔三岔五有之，接受了邀请的亲戚朋友们一律是要到场的。进了主家的门，一边寒暄，一边把用红纸包着的礼金塞到主家手心里。我老家那边称之为"出人情"。

姨奶奶到我家来出人情，上上下下拾掇得格格正正。两根油光水滑的长辫子在脑后交叉盘在头顶上，半丝不落。一身蓝：蓝卡其布外套，里面的白的确良衬衣领子平平整整地翻了出来；蓝裤子，中缝笔挺，裤腿上没有一丝褶皱；蓝方口布鞋，厚厚的鞋底，鞋口沿着窄窄的一溜儿黑布条。她不像其他亲戚，进门就找个地方坐下来，抽烟、喝茶、摆着龙门阵等开席。她眼睛里有活儿！

家里办酒席，已提前请了几位负责打杂的大娘婶子帮忙。姨奶奶本是无须动手的，可她偏偏手脚不停：择好菜拎到井台上去洗，一桶一桶地打水；在厨房间帮掌勺的大师傅整理好盘子海碗，立在灶边随时递递接接；烧火的人一时走开了，她就上前往灶膛里添上几把柴火。

早前的人重礼数讲情义，但凡办酒席，村里的家家户户都不用知会，自动自觉地来出人情，再加上主家夫妇林林总总如蜘蛛网般的亲戚关系，那真是人头攒动、热闹非凡。到了饭点上，吃席是分批的，一批四桌或六桌。八仙桌，一桌八位，先坐到位置上的人就先吃。吃好一批，帮忙的大娘婶子们便迅速地撤去桌面上的残汤剩羹，换上干净的餐具，启动第二轮。

姨奶奶从不吃席，我奶奶叫她去，她也不去，只说："让客人们先吃！"

她来我家做客，却不把自己当客人。

客人们全招待周全了，主人家、掌勺师傅、一批帮手才凑在一起吃饭。姨奶奶会喝酒，不过她喝得不多。二两的小瓷杯，只满一回。饭桌上，我爷爷照例要客气一句："今天元俊怎么也不来？"

姨奶奶低头抿一口酒,轻声轻气地回一句:"他有事。"

我奶奶往姨奶奶的碟子里夹一筷子菜或一块肉,说:"明华,你多吃点儿,都累半天了!"

与元俊有关的话题,不着痕迹地跳过了。

我是见过一次元俊的,奶奶让我叫他"姨爹爹"(南通地区方言里的爹爹是爷爷的意思)。姨爹爹四十出头,个子高高的,背微微地驼着,五官清秀、皮肤白皙,言谈举止并没有出格的地方。唯一扎眼的,是他的光头——他刚刚从拘留所里放出来。

他因为聚众赌博起了纠纷被拘留。他的好赌,在几个乡镇里是出了名的!

不管搁在哪个年代、哪个地方,嗜赌的人都是为人所不齿的。而且,赌、吃、嫖、摇(招摇撞骗)这四个字一向是成串的。一旦一个人迷上了赌博,后面的三项差不多就是连锁反应了。

姨爹爹的"吃"和"嫖",好像还不在大人们议论的范围之内。大人们讲得最多的是他的"摇"。赌钱一要牌技,二要运气。姨爹爹在牌桌上昏天暗地地实战了多年,牌技大概是不差的。可运气这茬儿,不由他说了算哪!

他的运气是真差,常年输钱!

赌徒输了钱,当然是不肯罢休的!越输,越要赌。越赌,越输得红眼。起初,钱输完了,赢钱的一方还同意他打欠条。渐渐地,欠条越积越多,一帮子赌徒们就集体抵制他,逼他还钱。还不还钱?要是还不出陈账,连牌桌都别想靠近!

长年累月流连于牌桌的姨爹爹,赌博即他的"精神鸦片"。没了这个"精神鸦片",他简直五内俱焚,生不如死。为了搞到钱,他逮着谁骗谁,管他认识的还是不认识的,管他是亲戚还是朋友,巧舌如簧、鬼话连篇,只为能把别人的钱搞到自己的口袋里!

他这般上蹿下跳"锲而不舍"地去"摇",想不出名都难。四里八乡的人,对"明华"两个字不敏感——这是个大众化的名字,但一说到元俊的女将(南通地区方言里的女将是妻子的别称),大家都是一副恍然大悟的模样。

姨爹爹当时的名气,由此可见一斑。

名气一大,招摇撞骗这条路慢慢行不通了!毕竟,大家伙儿都不傻，谁的钱也不是大水冲来的。上一回当就拉倒了，难不成还会在同一个地方再二再三地跌倒？从侧面讲，姨爹爹这个赌徒还是对父老乡亲们有所贡献的，最起码，他曾经间接地锻炼了很多人的智商。

通向外围的财路是断了，可赌博的瘾头是断不了的啊！姨爹爹一向手不提篮肩不挑担，家里大大小小、收收种种的事归姨奶奶管，一老（姨爹爹的老娘）、两小归姨奶奶管，甚至于把上门催债的人也想着法子推给姨奶奶管了。又能有什么来钱的好法子？还不是变着法子往内部发掘！

最先让他得了手的是姨奶奶的陪嫁：两只绞丝的银镯子和一根镂空的银簪子。姨奶奶平日里不舍得戴，就锁在抽屉里，他趁家里没人，拧开了锁头偷走了东西，又把锁复了原样。等姨奶奶察觉到不对劲儿，那两样东西早云里雾里去也！接着遭殃的是柜里的粮食：小麦、稻子、玉米、菜籽。这些东西有的囤在粮仓里，有的盛在蛇皮口袋中，委实没办法上锁。姨爹爹见缝插针地偷，今天偷这样，明天换成那样，量不大的话，也不大容易露馅。猪圈羊圈空荡荡的！简直等不及猪羊养大、养壮，上门的债主们就麻溜地牵走了。

不大的院落里跑来颠去的,只剩下姨奶奶养着的一群鸡。

一只公鸡,十来只母鸡。公鸡打鸣,母鸡生蛋。少数的鸡蛋偶尔给两个孩子加加营养,大半的都得卖给上门收鸡蛋的小贩。鸡屁股里的这点儿进账,姨奶奶精打细算,巴巴结结地应付得了一年到头炒菜的盐、点灯盏的洋油以及孩子上学堂的开支。白日里,公鸡领着一众妻妾在屋前屋后逍遥自在地刨土吃虫子。天擦黑了,鸡的眼睛看不清东西,就自动自觉地回窝歇下了。

鸡窝搭在姨奶奶屋外的窗户下,一直没挪过地方。长方形,占的地儿不大,但很牢固。一面依着屋子的外墙,另外三面用拇指粗细的竹棍密密地扎成篱笆状的围子,围子的下端削得尖尖的,深深地扎在土下。与外墙对应的一面右侧开了个活动的小门,以便人能进进出出地取蛋。母鸡一旦产下了蛋,一准儿要在窝里"咯咯嗒""咯咯嗒"地炫耀一气。刚下的鸡蛋温温的,握在手心很叫人欢喜。围子的四个角上各自立着一根粗壮的木桩,稳稳地托住了几块轻薄的石棉瓦,石棉瓦上再压一层蓬蓬松松的干稻草,就是一个像模像样的窝顶了。鸡在窝里既宽松透气,又淋不到雨。为了防止老鼠和黄鼠狼觊觎鸡蛋和鸡群，姨奶奶还在篱笆外细致地套了两层尼龙网。

老鼠和黄鼠狼好防，家贼不好防。有一年，输得兜底朝天的姨爹爹居然偷过一只生蛋的黑母鸡！为了那只鸡，素来寡言的姨奶奶狠狠地骂了他一场。恼羞成怒的姨爹爹当时就准备动手。姨奶奶瘦、小，身高不足一米六，真要打起来，怕是姨爹爹单只手对付她都绰绰有余。

结果，姨爹爹愣是没敢动！他的两个儿子——上初二的大进子和上五年级的二进子呼啦啦地从屋里冲出来，捏着小拳头紧紧地把母亲护在身后。

那个瞬间，姨爹爹的震惊多于尴尬：他还没怎么在意，自己的两个儿子怎么就长这么大了呢？

姨奶奶很欣慰。日子虽然七零八落，好歹孩子明辨是非，懂得了体谅母亲。至于丈夫，做了这么多年的夫妻，他的脾气、秉性、德行明明白白的了。她心里透透亮：他是改不了的！反正是管不了他，不如随他折腾去吧！

每天晚上，姨奶奶一边听着窗外鸡窝里窸窸窣窣的轻响，一边在油灯下不疾不徐地打着草席。打草席的手艺是姨奶奶出嫁前从本家的大伯那儿偷师的，当时图的不过是有趣、好玩儿。草是从沟渠里、河滩边上割来的马兰草。平原地广，野生的东西无主，只要有气力，想割多少割多少。割倒的鲜草用双轮推车拉回来，晾在院子里晒上几个太阳。晒干了的草还是软软的，淡黄中隐着浅浅的绿，闻起来有一股扑鼻的清香。

姨奶奶心细，拾掇出来的马兰草清清爽爽。她的手灵巧，能在马兰草的席面上织出新颖的花样来。我们那地方的姑娘嫁到婆家后的第一个夏天，娘家人作兴端午那天去姑爷家"送夏"。送夏的内容除了一担子吃的穿的，少不得一张新的草席。这东西不贵，几块钱一张，娘家人不为难，提前来姨奶奶门上说一声，过些日子就能拿到手了。

打草席的额外收入，姨奶奶得想着法子藏好。若是姨爹爹落了眼，他是要起贼心的！塞在墙壁夹缝里、压在水缸底下、捆在房梁上……这些法子，姨奶奶都用过，也都不管用。在道德的课堂上稳得"大鸭蛋"的姨爹爹别的本事没有，偷起钱来的聪明劲儿，可一点儿不输《水浒传》里的神偷时迁。

家里拢共才三间房子，要把这点儿辛苦钱藏得巧妙、藏得万无一失，确实是个难题。夜深人静之际，姨奶奶手指间的马兰草绕来绕去，脑子里也在转来转去。

十月中下旬是苏中农村最紧张最忙碌的时候，地里的稻子丰收了，沉甸甸的稻穗齐刷刷地弯下了腰。站在田埂上放眼望去，成片成片的农田首尾相连，仿佛为大地铺上了一层别致的厚毡子。阳光灿烂，和缓的秋风所到之处，稻子婀娜摇摆，宛如金色的海洋涌起一道道波浪。

别人家的大忙季节，丈夫是主心骨。哪怕在外地打工的男人，这要紧关头也早早背着行李赶回来大干一场。姨奶奶家收稻子，照例是她一马当先。婆婆腰疼，下不了地，早几年就扛不起重一点儿的力气活儿了。学校放了一个礼拜的忙假，大进子挥舞着镰刀与母亲齐头并进，二进子把捆好的稻把子有次序地往双轮推车上装，横的一批，竖的一批，再横的一批，再竖的一批……一直要装得过人高。

这两个孩子不是第一次做这样的事了，他们的活儿干得不比一般的大人逊色。

刚刚割去稻子的地里还潮乎乎的，姨奶奶尽力地压下两只车把子，把双轮推车横档上的一根辅助借力的尼龙皮带挂上肩头，暗暗地吸一口气，闷着头拉起一整车的稻子。车尾，两个孩子弓着身子，齐心协力地给母亲推车。

一片狼藉的稻田里，推车轮子碾压过的地方，留下两道深深的车辙。

秋收的苦累倒还在其次，怕就怕这一时段会变天、会下雨！忙季的雨下得虽不大，但是最容易连阴，小雨不断。晴天没有，田里割倒了的水稻如果不及时拉回来，被雨淋湿了或者淋上两三天再拉回来，保不齐就起热了。起了热，很快会发霉。水稻发了霉，一年都吃不上好饭了。

两三亩地的水稻，姨奶奶娘儿三个连轴转了好几天，总算抢在变天之前把稻把子堆进了自家的院子。望着院子里码得方方正正的稻垛子，姨奶奶长长地舒了一口气。

好些天不见人影的姨爹爹这会儿现身了。他不是一个人回来的——他还带着个女人！姨爹爹说是在牌场上结识的，挺投缘的。"女人是个寡妇，丈夫死了好几年了，现在一心想要和我长相厮守。你看……"

姨奶奶没有答姨爹爹的话，她偏头看了看站在自家堂屋前的女人——身材高挑,有一张细腻平滑、白里透红的大圆脸。她瞧人的眼神是飘着的,飞过来,飞过去,似乎一刻也不肯安生。

姨奶奶问姨爹爹:"两个孩子你要不?"

"你不是把他们养得好好的吗?"

"你母亲咋办?"

"我在不在家,她无所谓的。"

姨爹爹的白头发老娘从里屋冲出来,愤愤地推了儿子一把:"你个坏良心的,怎么能这么糟践明华?你究竟看上这个女人哪里了?"

"她不麻!"

姨奶奶黯然一笑。

隔天中午,姨奶奶杀了公鸡,做了几道菜招待她请上门的五个人:本村的队长、支部书记、本家的两位叔叔辈儿的老先生和姨爹爹的舅舅。加上姨爹爹、姨爹爹的老娘和她自己,刚好坐满了一桌。

队长和支部书记是村里最大的话事人,代表着官方。本家的两位叔叔明事理,在族里有些威望,由他们执笔写一份相当于离婚的声明。至于姨爹爹的娘舅,依照江苏民间的习俗,他在外甥这边的权威比姨爹爹的父母还要高出三分。

如此,尘埃落定!

一心要离开的那一个,若无其事地走了。被姨奶奶客客气气送出院门的那几个,也陆续走了。

姨奶奶坐在门槛上半天没动,她的目光自东往西,一点一点地移过来。院子最东首有一棵粗壮的枇杷树,毛茸茸的花苞在枝头探头探脑。枇杷树旁用篱笆圈着的一块菜地,新种的青菜嫩芽刚刚拱出地面。米葱勃勃地绿着,仿佛攒着一肚子的劲儿在谋划着什么。几株缠绕在篱笆上的扁豆,实诚地亮出月牙般柔和的、紫色的豆荚。

鸡群尚未察觉到公鸡的失踪,兀自无忧无虑地觅食。有的鸡胆子大,昂首挺胸地迈出院门外;有的鸡流连在稻垛子边,两只瘦瘦的爪子轮流扒拉着细碎的稻谷或虫子。有一只鸡缩着一只爪子,长时间地保持着一种姿势站在离鸡窝不远的地方,专注地盯着姨奶奶看。

姨奶奶从门槛上立起来,转向里屋。

待她再次出了屋门,手上已多了一副铁齿钉耙。

她不紧不慢地走到窗户下的鸡窝边，钻进去，弯下腰，挥动钉耙使劲儿地挖起来。

钉耙齿与地面碰撞着，发出连续的响声。

姨奶奶在臭熏熏的鸡窝里挖了好一会儿，终于挖出了几只脏兮兮的海鸥洗衣粉的塑料袋。

塑料袋鼓鼓囊囊的，袋口用细绳子扎得严严实实。打开那几只塑料袋——都是钞票，大小面额都有：角票（一角、两角、五角），块票（一块、两块、五块、十块），大面额（五十元、一百元）。

因为埋在暗黑、潮湿、腥臭的泥土里久久未见天日，钞票的表面竟然模糊、起毛了！

姨奶奶粗糙的指头缓缓地、缓缓地拨弄着那一堆钞票，凹凸不平的脸颊上全是泪水。

大姑妈

爷爷奶奶育有七个孩子，我养父之外，清一色的女儿。六个姑姑中，有两位比我养父年长，我喊她们"姑妈"。

姑姑们都嫁在周边。行程最远的，是河湾的三姑姑兰芳；车马湖的五姑姑芳英和烟灯庄的二姑妈明一，距离奶奶家约莫二十来里；路途相对短些的，是沙庄的四姑姑建芳和谢庄的小姑姑六珠，至多十来里；靠得最近的，就是大姑妈换一。

奶奶家在蔡家庄十三大队四小队，大姑妈家在蔡家庄村东头的十三大队一小队。步行前往，用不了几分钟。

大姑妈家近归近，但儿时的我，没特别的事情，一年也去不了几回。她家简陋清贫，前排两间小屋烧烧煮煮，兼全家吃饭：一盘大灶，一只碗橱，一张油乎乎的方桌和三四张灰扑扑的凳子。后排两间房子最左边一堵墙与隔壁的大姑父兄长家共用，瞧着屋脊高些，屋内宽敞些，但没有一样值钱的物件。堂屋正中央摆放着一排储存粮食的水泥柜，卧室里仅两张床铺，窗户两侧叠着几只方方正正、塞满被褥衣服的旧木头箱子。

大姑妈家右边毗邻一条"四级沟"。沟宽宽的，沟帮陡峭，上上下下，非得谨慎地攀着、扯着斜坡上粗粗细细的树身、树枝借力，否则脚底打滑，极易摔倒。除了西北风呼呼吹的隆冬时分，沟底一直"哗哗"不断。水浅或天热，还能把鞋脱了，拎在手上，赤着脚，小心翼翼地蹚过；雨水丰沛的季节，浊流湍急，小小的我根本不敢冒险，不得不调整方向，多荡几百米的半圆形，兜兜转转，方可迂回抵达。

正常情况下，大姑妈家一律关门落锁，不见人影。大姑妈、大姑父要么起早贪黑地去村外种地，要么搭伴去附近的窑厂打砖坯挣钱，宛如兢兢业业的老黄牛，累死累活，毫无怨言。一年三百六十五天，唯有下雨天，夫妻俩才能获得短暂的清闲，包点儿扁食（如皋大馄饨），炸点儿番薯圆子、芋头圆子，送到我奶奶家。

我儿时，放了晚学，望见了桌子中央有这三样吃食中的一种，就晓得大姑妈一定来过了。她家的扁食肉少、菜多，味道欠佳；番薯圆子甜中带苦，糖精超量；芋头圆子是咸的，外表毛毛糙糙，有几个，甚至炸出了豁口，黑乎乎的，将散不散。

奶奶曾经讲起旧事，长女身份的大姑妈，深得太爷爷的宠爱。虚龄三岁的她，走快步还不太稳当。有天早上，一只芦花鸡在门槛边溜溜达达。太爷爷兴之所至，指着芦花鸡开了句玩笑："换一，你有本事打死这只鸡吗？打死了，咱们中午炖着吃。"大姑妈二话没说，操起门边的烧火棍敲向鸡脑袋。芦花鸡扑闪了两下翅膀，应声倒地。

奶奶的话，我半信半疑。我所了解的大姑妈一向温和、胆小，不要说杀鸡杀鸭了，哪怕杀鱼，也避得远远的。鲜血无意间落了眼，她保准难受得吃不下饭。逢年过节，姑姑们携夫带子，赶来奶奶家聚餐。大姑妈什么活儿都抢着干，就是拒不杀生。七户人家，拢共二十来号人，大人说说笑笑，小孩追逐嬉戏，闹腾到傍晚。其他人吃饱喝足，陆续撤了，总是大姑妈自动率领大姑父押后,帮着爷爷奶奶扫地洗碗,收拾残局,处处弄得干干净净、清清爽爽。

大姑父个子矮小,是乡间最不起眼又最守本分的庄稼人,谨小慎微,对大姑妈一心一意。

大姑妈的儿子,大我一岁,乳名刘刚。刘刚表哥一周岁多,被我养父养母领回家了几天。白天,喂他点儿香喷喷的鸡蛋糕,抱着四处转悠,耐心哄哄,尚不撒泼耍赖。夜里,他是坚决不躺下睡觉,一边咿咿呀呀,一边用屁股重重地墩在床上。我年轻的养父母束手无策,只好将犟头犟脑的他原路送回。

刘刚表哥高中毕业,没考上大学,跟我奶奶家西邻的吴狗儿叔学了两年木匠,之后在江南的某建筑工地上立模板,机缘巧合,领回了工地食堂烧饭的安徽女子。安徽女子自幼父母双亡,高度近视,摘掉厚如酒瓶底的眼镜,形如盲人。她也没怎么读书,早早跟着姐姐姐夫一起打工。姐姐姐夫对她私自跟着我表哥回江苏大为不满,请了几个体格彪悍的同乡,气势汹汹追来了。

大姑妈家那时已拆掉老屋,原地翻盖了二层楼房。因为花光了所有积蓄，再也凑不出装修的钱，外墙红砖嶙峋，屋里七零八落。表哥年轻气盛，又以为在自己的地盘上，好友亲朋皆是帮手，打算用武力针锋相对。大姑妈强烈反对，声色俱厉地呵斥儿子："你是头脑简单，不怕事大！万一动起手来，场面失控，连累了旁人呢，你负得了多大的责任？娟娟（我表嫂的名字）无父无母，只姐姐姐夫一门嫡亲，哪个女孩子不想要个娘家？姐姐姐夫照顾娟娟多年，恩重如山。你和他们反目成仇，不是把娟娟置于两难的境地吗？于情于理，都行不通。往远处说，你们将来生了孩子，孩子本已没有外公外婆，姨妈姨父能敞开怀抱接纳他，孩子多高兴！"

半辈子扎根在农村，没见过一点儿世面的大姑妈赔着笑脸，好饭好菜地招待了那帮安徽大汉，郑重允诺"会把娟娟当亲生女儿看待"。末了，又拉上大姑父去挨家挨户借钱，半天凑足了五千块，当作彩礼交给了安徽亲家。

娟娟表嫂在一队落了户，备受全家呵护。不要说风吹日晒的农活儿，哪怕是轻便的家务活儿，大姑妈也轻易不让儿媳妇沾手，有什么好东西都由着儿媳妇先享受。小夫妻俩发生了口角，大姑妈不管青红皂白，首先劈头盖脸地数落一顿儿子，给儿媳妇吃颗定心丸。在她质朴的思想里，人家姑娘身世可怜，千里迢迢地来投奔了，夫家无论如何不可亏待。

大姑妈的女儿刘芳，小我两岁，大家都习惯性地喊她"丫头"。丫头娇小玲珑，眉清目秀。初中毕业，跟着同乡去北京学了裁缝，在那里谈了恋爱。过年时，她和男朋友结伴归家，算是落实了关系。

丫头的男朋友是谢庄人，家庭条件一般，赢在了皮相：中等身材，肤色白皙，顶着一头女性化齐耳短发，韭菜叶子般的双眼皮下大眼睛波光粼粼。大姑妈起初不愿意，嫌弃男孩长得惹眼，不像能正经过日子的人，但拗不过丫头的死心塌地，无奈成全。丫头嫁到谢庄后，过了年把，生了个胖乎乎的男娃。回娘家坐月子期间，她开始头晕目眩，抬脚踉踉跄跄。乡医院一检查，马上转到市医院，一级一级地找专家问诊，最后赶到北京动手术。她的肿瘤长在中枢神经上，切除了一次，没过多久，又复发了。丫头去世时，二十岁出头，她的宝宝只九个月大。

女儿的早逝，使得大姑妈日夜悲啼，生生哭瞎了一只眼睛，以肉眼可见的速度衰老憔悴下去。原本乌黑的头发，悉数花白。大家众口一词，劝她保重身体；但劝着，劝着，都默默地闭了嘴，陪着她，泣不成声。

我嫁到浙东山区后，基本每年回一次蔡家庄，小住几日。大姑妈听闻我回了娘家，会第一时间带着一大堆东西赶来：鸡蛋、咸鸭蛋、红豆、黄豆、荞麦粉……她紧紧拉着我的手，问我身体怎么样，问我在夫家过得好不好，问我的孩子乖不乖……问着，问着，眼圈渐渐红了。我知道，她一方面是怜惜我远嫁的辛苦，另一方面，见到我，她不免想到了与我年岁相当的丫头。

大前年夏天，我养母去世，她从头到尾，跑前跑后，不声不响地帮着我养父打理杂事。七十出头的人了，身体还算硬朗，背也不驼。我与她面对面拉家常，看着她黝黑的脸庞，忽然发现，老去的她，眉眼简直和最最疼爱我的蔡家庄奶奶一模一样。

姑姑的鸭蛋

嫁到浙东的二十年中,每次回娘家省亲,总能有满满一箱子的蛋伴我同归。

一箱子的蛋,有鸡蛋,有鸭蛋。苏中地区的农家院子里少不得一群伶俐高产的柴鸡,既不吃激素饲料,还自由放养,鸡蛋的质量与口感自然不是菜市场销售的肉鸡蛋所能比肩的。鸭蛋壳有好几种颜色,白色的、淡青色的、玉色的,但不管是哪一种颜色,生下它们的母鸭子都过得和乡间的母鸡一样自在惬意。如果时机凑巧的话,鸡蛋与鸭蛋的队伍中还会出现几只彪悍强壮的鹅蛋。我小时候,奶奶家曾经养过几只大白鹅,骄傲霸道,懂得看护家园,梗着长脖子撑开翅膀伺机出击的样子像极了一架威力十足的战斗机,吓人得不得了。鹅蛋壳厚、结实，蛋白韧性十足，蛋黄粗粝，不怎么好吃，只能在立夏的一天里用来和小伙伴们斗鸡蛋、鸭蛋，包赢不输。或者，老人们坚信孕妇吃了鹅蛋能稳胎，鹅蛋因此独特的功效更显出三分的难得。近年来，鹅渐渐地从乡间家禽的排行榜上撤退，我尚能收获到几枚新鲜的鹅蛋，实属运气。

一箱子的蛋是好几户人家凑齐的，有时是三户，有时是四户，有时是五户，送蛋过来的人一律个子矮矮的，大圆脸，短发，一笑，两腮上星星点点的雀斑立马争先恐后地挤到了鼻翼的两侧，那温和的神情像极了我去世多年的奶奶。

我叫她们姑姑。

姑姑们和我没有丁点儿的血缘关系。

大姑妈、二姑妈嫁人是在我被领到蔡家庄之前，余下的四位姑姑都与我在同一个屋檐下生活过，她们出嫁的喜糖都在我兜里盛满过。在我的印象中，姑姑们个个勤劳、善良、细心，从未因为我是抱养来的侄女而对我另眼相看，相反，日常生活中处处迁就我、宠爱我。最近一次回家，三姑姑还忍不住地掀我的老底，说我五六岁的那一年不知道为什么事大发脾气，用小板凳把她的脚背砸出了好大的一块乌青，多少天都不消退。六姑姑谈起我的奶奶对我的呵护，更是感慨，强调是我抢走了她的母爱——六姑姑比我大不了几岁，我没有进入这个大家庭时，她是娇滴滴的小宝贝，我来了之后，她总是坐冷板凳。我和她闹矛盾了，不管对错，挨训的总是她。

姑姑们围住我七嘴八舌地讲一些旧事，有的，我还能模糊地理出线索；有的，我是混混沌沌难以确定。眼前这几位淳朴、热情的亲人，童年的我交错在她们的青年时期，少年的我穿插在她们的中年阶段，青年的我在特定的日子里与中老年的她们相聚。出了爷爷奶奶的家门，她们经历的是她们的风景，我一路莽撞的是我脚下的路，看起来是越走越远毫无关联，但亲人之间的玄妙往往在于：不管分别多久，一句笑话、一个眼神、一段回忆就能把远去的时光拉回、归拢、翻新，让彼此的心在瞬息之间亲密无间。

奶奶在世时为我煮得最多的就是"蛋茶"，蛋茶有两种，甜的只加糖，咸的料头要多一些，搁盐和味精，考究一些的话，淋上几滴麻油、撒上一把切得细细的葱花。蛋茶的做法方便简单,水烧滚后,打一只鸡蛋或鸭蛋进锅稍微焖上一会儿就行了。我喜欢吃溏心的蛋茶,一只胖乎乎的蛋卧在滚烫的糖水里,咬一口蛋白——嫩啊。再咬一口,未完全凝固的蛋黄像油一样流了出来——鲜啊。那会儿,要吃一回普普通通的蛋茶也没那么容易,院子里虽然有一二十只鸡在跑来跑去,但鸡屁股承担着家中的多种开支:油盐酱醋、点灯的火油、奶奶的水烟和爷爷的老酒,全是鸡蛋换来的。即使这样,奶奶还时不时地瞒着姑姑们为我做一碗蛋茶解解馋。当时的蛋茶有多好吃我无法形容,最不能忘怀的是奶奶慈祥的眼神,她老人家笑眯眯地和坐在门槛上吃蛋茶的我说话:"鸡蛋有营养,吃了对身体有好处。"

时隔多年,姑姑们还是这样对我说:"鸡蛋营养好,你带回家补补身体。"怕我推却,她们又说,自己家的鸡生的,反正也吃不完。再说一说,现在很难买到正宗的土鸡蛋了,赶上我这么大老远地回来一趟,不然,她们也没办法与我会面。

送我大鹅蛋的三姑姑住在二十里开外的村子里,知道我第二天要走,五十多岁的她急急忙忙地骑着一辆破旧的自行车"哐啷哐啷"地赶过来:"鹅蛋带给你家儿子玩玩,小孩子没见过,想必是欢喜的。"

我惭愧万分,真心实意对待我的这些姑姑们,我何曾有同等的心思去回报质朴的她们?

有时候,我们离开了故乡,离开了自己生活多年的村庄,离开了那些看着我们长大的亲人,辗转到另一个陌生的地方安营扎寨。我们做着全新的工作,认识了另外一些我们必须认识的人,重新开拓了适合自己的圈子。我们做着近在咫尺的努力,在不经意间随手拆卸着自己与往昔相连的一座古旧的桥梁。

但我这些可爱的姑姑们,即使我的背影早已消失在她们的视野里多年,她们依然托着一颗赤诚温热的心,用她们的方式与我保持着持久的单线联系。

她们从来就没有把我忘记。

她们从来就不会把我忘记。

后记
每天的日子

早上，一列送葬的队伍吹吹打打地从镇中路经过，我和药店的营业员（我每天在药店门口摆摊）沉默地注视着他们渐渐远去。

我说，有个人赶去做小孩子了。

相对于冰冷的"死"，我更倾向于把离开的人看成重生。就像在冬季枯萎的草，会在春天里发芽。

药店的营业员说，比起死去的人，我们该庆幸自己还活着；可再想想，我们这样活着，不过是每天过着同样的日子。

是的，每天的日子单调、规律，但也并不令人厌倦。

比如我，一大早，在四点半的闹铃声中睁开眼睛，洗漱一番,吃碗热乎乎的饭,六点前,一定已经站在了小镇的菜市场里。

街上的人稀稀拉拉,我把装满货品的小推车放好后,会花费一刻钟的时间仔细地按摩头皮。近几年,脱发严重,换了好几种洗发水,也无法阻止发际线的后移。偶然看到一个读者留言:自己早晚坚持按摩头皮一年多,秃头奇迹般地治愈了。不管是不是真的,我立刻付诸行动。反正不花钱,反正我不卖货的当儿,两只手是闲着的。

按摩头皮之后,揉耳朵。这也是从养生文章中汲取的精华。据说耳朵是身体的一个能量门,通过揉耳朵可以改善耳鸣、促进消化、补肾活血,等等。我揉耳朵,不讲章法:没人买东西,我双手揉捏,上上下下;有人光顾小摊了,我就单手捏捏耳朵边儿。

把耳朵揉捏发热了,歇一歇,戴上耳机,伴随着音乐原地踏步二十分钟。原地踏步对中年人的膝盖友好,不累人,还能瘦身。夏天的时候,我掉了五六斤的秤,肚子上的肥肉摸起来都薄了一层。

做完前三项保健工作,接着是最消耗体能的八段锦的

"背后七颠"。踮起脚尖,伸展双臂,前后甩动或用力伸展,这套动作我已坚持了三年,就连在跟随蜂农夫妻北上追花的途中,也没有间断。起初颠三分钟,小腿便僵硬发酸,目前可以连续颠动二十分钟以上。

在人来人往的大马路边锻炼,难免引人注目,受人干扰。我披着头发专心按摩时,有人惊讶:"呀!阿三,侬头上生虱了吗?"

我揉捏耳朵时,有人不解:"阿三,侬咯耳朵板痒煞啷?"

我原地踏步和练八段锦时,又有人阴阳怪气:"阿三,侬够苗条、够漂亮嘞,还跳什么舞减肥?"

药店的营业员感叹道:"阿三,侬是真放得开,在马路边上蹦蹦跳跳。要是换成我,我感觉老难为情了。"

我说:"我一没有放毒,二没有干扰别人,三没有污染环境。为什么要难为情?别人爱怎么讲,随他们好啦!"

事实上,以前在我练"背后七颠"时笑话我发神经的人,如今已经习以为常了,甚至有些人还来和我讨论锻炼的好处。

九点钟,约店的营业员换班。我差不多再站一个多小时，也回家了。

满打满算五个小时，钱赚了，身体锻炼了，世景饱饱地看过了。吃罢午饭，睡个舒畅的午觉，两点半起床，和狗玩一会儿，立在村路上望望远山，翻翻自己想看的书，写点儿随心所欲的文字。不主动交际，没有娱乐，出门不是为了办具体的事情，就是去批发市场进货。天一黑，关好大门，坐在床上看会儿书，早早卷进被窝。

这样的日子像是在水下潜泳，当我觉得憋闷时，我会短暂地上浮，缓一口气，再继续扑入一成不变的生活。

有朋友替我可惜，说我不该如此冷清地度过余生。

冷清是我的宿命，我能安静地与它握手言和。

冷清也是一种涵养。一个在婚姻中完成了削肉剔骨的蜕变、决绝地破墙而出的女人，还能有什么过不好的日子，还怕什么冷清？

在浙东小镇落户二十年，我混迹菜市场十八年，养大了一个孩子，盖了三间小房子，出版了四本书。养孩子是母亲的责任使然，盖房子是形势所逼，出版书籍则是生活无心的旁逸斜出。在菜市场摆摊不低级，著书立说不高级，都是为了有声有色地活着。过了今年,我四十八岁了,往后的日子,我还会完成哪些事情无法确定,能肯定的只是:我会认认真真、踏踏实实地过好每天的日子。

陈慧

2025 年 6 月

为了有声有色地活着。过了今年，我四十八岁了，往后的日子，我还会完成哪些事情无法确定，能肯定的只是：我会认认真真、踏踏实实地过好每天的日子。

陈慧

2025 年 6 月

她乡

作者 _ 陈慧

编辑 _ 王奇奇　　装帧设计 _ 达克兰　　主管 _ 邵蕊蕊
技术编辑 _ 陈皮　　责任印制 _ 杨景侬　　出品人 _ 李静

营销编辑 _ 孙菲　　物料设计 _ 孙莹

果麦
www.goldmye.com

以 微 小 的 力 量 推 动 文 明

图书在版编目（CIP）数据

她乡 / 陈慧著. -- 天津 : 天津人民出版社,
2025.7

ISBN 978-7-201-20271-6

Ⅰ. ①她… Ⅱ. ①陈… Ⅲ. ①故事－作品集－中国－
当代 Ⅳ. ①I247.81

中国国家版本馆CIP数据核字(2024)第068159号

她乡
TA XIANG

出　　版	天津人民出版社
出 版 人	刘锦泉
地　　址	天津市和平区西康路35号康岳大厦
邮政编码	300051
邮购电话	022-23332469
电子信箱	reader@tjrmcbs.com
策划编辑	赵子源
责任编辑	李佳骐
特约编辑	王奇奇
装帧设计	达克兰
制版印刷	河北尚唐印刷包装有限公司
经　　销	果麦文化传媒股份有限公司
开　　本	840毫米×1200毫米　1/32
印　　张	7.5
印　　数	1—13,000
字　　数	115千字
版次印次	2025年7月第1版　2025年7月第1次印刷
定　　价	58.00元

版权所有 侵权必究
图书如出现印装质量问题，请致电联系调换（021-64386496）